2020年2月11日
12:36
編集

2013年2月11日
12:29
編集

命とられるわけじゃない

村山由佳

集英社文庫

目次

5 愛を注ぐ器……199

命とられる
わけじゃない

はじめに

気がつけばかれこれ四半世紀以上、恋愛小説と呼ばれる物語を書き続けてきた。おかげで〈恋愛のエキスパート〉的な立ち位置で意見を求められたり、お悩み相談を受けたりすることが多々あるのだけれど、正直なところ私にはまったくその資格がない。だってそうだろう。もし本当にその道のエキスパートなのだとしたら、恋愛であれ結婚であれ、本来譲ってはいけないことまで相手に明け渡すという最低最悪の失敗を、あんなに何度もくり返すはずがないのだから。

とはいえ、ありがたいことに今の私には、自分で言うのも何だけれどしっかりと地に足のついた生活がある。やっとだ。物書きとして仕事をするようになってから四半世紀以上かかってやっと、その実感を言葉にする自由を手に入れられた。

願わくは、否応《いやおう》なく素顔が露《あら》わになるこうした文章の中でも、できる限り自分や人に嘘《うそ》をつかずに、今わかっている〈ほんとうのこと〉と向き合っていけるといいなあ、と思う。今度こそはたぶんずっとのパートナーや、増えてゆくばかりの生きものたちとの暮らしについても、また血縁や、友人たちや、かなり苦手だけれど必要な世間とのやり取り、百のうち九十七くらいはしんどさのほうがまさる仕事、などなどについても、淡々と平常心で書きとどめていけるといいなあ、と思う。

生きていくうちには呑《の》み込みがたいことも起こるけれど、一つひとつ言葉に置き換えてゆくことで心に整理をつけて、やがて自分なりの妥当な落としどころを見つけられるといい。

そんな具合に、我が身に起こることをできるだけそのまんま肯定してゆく姿勢を私に教えてくれるのは、じつのところ、「猫」だ。何の誇張でも比喩でもなく、子どもの頃から身近にいてくれた猫たちこそが、私にとっては世界のとっかかりであり、時にはすべてであったりする。

だからまずは猫の話をしよう。

ずっとそばにいたのに逝ってしまった最愛の猫と、その別れからきっかり一年後にめぐり合った小さな猫の話を。

1 雪も桜も舞い落ちて

心の穴ぼこ

二〇一八年の三月、ほとんど十八年を共にした三毛猫〈もみじ〉が逝った。三年続けて、その前年の四月には父が急逝し、そして翌年の四月に母が亡くなった。猫の看取《みと》りを見送る春となったわけだ。

比べるようなものではないのだけれど、正直、いちばんしんどかったのは猫の看取《みと》りだった。年老いた親を見送るのはもちろん悲しいことだが世の順番であるし、どこかであきらめもつく。でも猫ばかりは、とくにもみじの死ばかりは、何をどうしたって腹におさめることができなかった。

何しろ、私が母猫〈真珠《しんじゅ》〉の手を握り、お腹《なか》をさすって産ませた子だ。旦那さん一号のもとを出奔し、東京で初めての独り暮らしを始めた時ももみじだけは一緒だったし、私がどこの誰とどんな恋愛をしようと、部屋に帰れば彼女がぴったりくっついて寝てくれた。彼女だけはただの一瞬たりともぶれることなく私を求め、私を愛し、私からの愛情を疑わないでいてくれた。私たちは相思相愛だった。

もみじの病気が発覚し、余命を告げられたその日からのすべては、『猫がいなけりゃ息もできない』の中に克明に記録してある。書こうとすれば、いちいち現実と向き合わざるを得ない。そういう意味ではなかなかにきつかったけれど、同時に救われてもいたのだと思う。渦巻きほとばしる想《おも》いの首根っこを押さえつけ、俎板《まないた》の上にのせ、その正体を凝視する——感情を言葉に置き換えるというのはつまり、固くて大きなままではとうてい喉を通らないものを切り分け、咀嚼《そしゃく》し、どうにかして呑み込んでゆく作業だったからだ。

もみじが去ってすぐの頃はしょっちゅう泣いていたものだが、涙はそのうちに間遠になっていった。時間は、今回もちゃんと優しかった。

それでも、折に触れて揺り戻しがくる。鋭い悲しみに心臓を抉《えぐ》られるようなことはめったになくなった後でも、たとえば幸せだった思い出を反芻《はんすう》しているさなかに息が苦しくなって鼻の奥が痺《しび》れ、ぎゅうっと涙がこみあげてくることはちょくちょくあった。

何が辛《つら》いといって、ありあまる愛情を注ぐための受け皿がないのがいちばん辛い。赤ん坊に含ませることのできない乳房が張りつめて痛むのに似ているかもしれない。うちにはこの時点で他にも〈銀次《ぎんじ》〉〈青磁《せいじ》〉〈サスケ〉〈楓《かえで》〉という四匹の猫たちがいて、もちろんどの子も替えのきかない愛《いと》しさだが、彼らそれぞれとの間の最も心地よい距離感というものは長年の間にもう定まってしまっている。今さら急に伸びたり縮んだりはしない。

もみじがいなくなった後の穴ぼこをこの先どうやって抱えていけばいいのか、私にはわからなかった。うっかり気を抜けば、胸にあいたブラックホールに自分自身が吸い込まれてしまいそうになる。

「大丈夫、もみちゃんは今もずっとムラヤマさんのそばにいますよ」

と慰めてくれる人はたくさんいたけれど、ありがたい半面、そう言われるたびに私はつい、そんなことはわかってる、だけど、と思わずにいられなかった。だけど、さわれないじゃないか。私はこの手でもみじにさわりたいんだよ。柔らかな毛並みに鼻を埋《うず》めて、あのかぐわしい香りを嗅いで、ざらざらの舌で頬を舐《な》めてもらいたいんだよ。もう二度と叶《かな》わないことは百も承知だけど……！

時折、仕事の合間に、眺めるだけだから、と自分に言い聞かせながらネットの里親サイトを覗《のぞ》いてみたりもした。すぐにという気持ちにはなれなくても、いつかこんな可能性もある、あんな可能性もある、と思いをめぐらせるだけで慰められる気がしたのだ。出会いがあったらまた新しく猫を迎えることを、もみじに申し訳ないというふうには感じなかった。仮に彼女そっくりの三毛猫がやってきたとしたって、そしてその子をどれほど愛しく思うようになったとしたって、もみじはとにかくもみじであり、私にとっての永遠の唯一だとわかっていたからだ。

そんなふうにして、のろのろと秋が過ぎ、冬が過ぎ――。

母がお世話になっている南房総《みなみぼうそう》の施設から急の連絡があったのは、軽井沢《かるいざわ》でもようやく寒さの緩み始めた二〇一九年三月の終わりのことだった。

いつもと様子が違う、じっと寝ていても呼吸が浅いし心拍も落ちている、という。血液検査の結果、夜の間にひそやかに心筋梗塞《こうそく》を起こした可能性が高いとわかった。昭和二年生まれの九十二歳、とりあえず持ちこたえてはくれたようだけれど、いつ何が起こってもおかしくはない。

兄は仕事のシフトの関係ですぐには身動きが取れなかったので、とりいそぎ、私とパートナーの〈背の君〉が駆けつけることとなった。

拙著『ダブル・ファンタジー』『ミルク・アンド・ハニー』に登場する主人公の母親は〈紀代子《きよこ》〉、自伝的小説『放蕩記《ほうとうき》』での母親は〈美紀子《みきこ》〉だが、実際の私の母は、〈公子《きみこ》〉という。安易な置き換えですみません。

そのキミコさん、若いころ手相占いのおじさんから「あんたは長生きするよ！」と感心された、というのを一つ話のように自慢していただけあって、認知症を患って施設に入り、現実の世界ではもう誰のこともわからなくなっていても、いくらか機嫌のいい日はオルガンを弾き、好き嫌いは激しくとも自分の口から食べている。私たち家族は皆で、もしかしてあのひとは死ぬことまで忘れてるんじゃないか、などと陰口をたたきながら安心していた。

駆けつけた時、母は車椅子に座らせてもらって、いつもと同じように食堂にいた。寝たきりでいるとかえって血管が詰まりやすく、むしろ起きていたほうがいいらしい。ちょうど風邪をひいていた私は、誰にもうつしてはならじとマスクをかけたまま、母の隣に寄り添い、ムース状の煮物とかお粥《かゆ》などを少しずつ食べさせた。口に入れることに成功したとしてもなかなか飲み下すまでいかないのだが、大好物のカルピスだけはわずかに飲む。前回来た時には「おいしいワ」と繰り返していたけれど、もうまったく言葉は出てこないようで、それでも目もとと口もとがほんの一度か二度、このひと一流の憎たらしさで、ニタリと笑むのがわかった。

発作の時に血流が滞ってしまったために、指の先や鼻のあたまは赤黒い痣《あざ》みたいになっていたけれど、いつものとおり、身体《からだ》からは何の嫌なにおいもしない。顔もうなじも耳の穴までも清潔で、つるつるのすべすべだ。色々なことがわからなくなってしまってからは心底お風呂を嫌うようになった母を、こんなにも清潔にして下さるのに、スタッフの人たちはどれだけ苦労していることだろう。

そのさっぱりと白い耳もとに口を寄せた背の君が、

「ええか、キミコおばちゃん」

大きな声で言った。

「明日も明後日《あさって》も、毎日会いに来るからな。しっかり元気でおるんやで。ええな」

私にとっては従弟《いとこ》、母にとっては甥《おい》でもある彼の声に、〈キミコおばちゃん〉はかすかに頷《うなず》いたようにも見えた。


三月三十一日から一週間ほど実家に滞在する間、私は、長引く風邪のだるさをもてあましながら、持ち込んだノートパソコンでだらだらと仕事をしていた。南房総の春はうららかで、花の終わった梅のかわりに桜のつぼみがほころびかけていた。

父の二度目の命日である四月三日をせつない気持ちでやり過ごした、その翌日。私なんかの百倍はマメな背の君が、二人分の寝具一式を寝室のベランダにひろげてお天道さまに干していた間のことだ。

「なあ、来てみ」

寝室の入口から、彼が小声で私を手招きした。

「そーっとやで、そーっと」

どうやらベランダに何かいるらしい。

垂れてくる鼻水を啜《すす》り、スリッパを脱ぎ、素足でそろりそろりと近づいていった私は、ドアの陰から覗くなり思わず、あん、とヘンな声を漏らしてしまった。

猫だ、猫がいる。子猫とは言えないけれどかなり小柄で、どうやらシャム系の雑種らしい。胴体は優しいクリーム色、顔の真ん中や各パーツの先っぽは焦げ茶色で、瞳はアクアマリンみたいなブルーだった。

立てかけてある三つ折りマットレスや、まだ湿っているシーツの匂いを嗅ぎ、網戸越しにこちらの様子をうかがっている。レースのカーテンが風に揺れても、動じる様子はない。

「にゃぁお」

呼びかけてみると、ぴくっと耳がこちらへ動いた。怖がらせないよう、私は床にしゃがみこんだ。

「どっから来たん?」

と訊《き》けば、細く澄んだ声で答えてよこすのだが、いかんせん何を言っているのかわからない。まあ、訊いたこっちが悪い。

滞在はものの一分ほどだったろうか。半端な長さの尻尾をぴっ、と機嫌良く振りたてると、猫は足音もたてずにベランダを横切り、庭の植え込みの向こうへ見えなくなった。

「いやー、可愛《かい》らしい猫やったのう!」

と、明らかに感嘆符付きで背の君が言う。

「ほんまや、また遊びに来てくれへんかなあ!」

と、私。

でもそれっきり、母の容態が落ちつくのを見届けた私たちがいったん軽井沢へ帰ってしまうまでの数日間、猫は一度も会いに来てくれなかった。

彼女が次に姿を見せるのは、この最初の邂逅《かいこう》からちょうど一週間後——母が亡くなった後のことになる。

長い散歩

南房総の実家に滞在した残りの日々、私たちは毎日、ふだんは誰もいない実家のあちこちを片付けては掃除機をかけ、水拭きをし、窓を開け放って風を通した。

母が施設に入って以来ひとりで暮らしていた父は、私たちが思う以上に目も耳も手足も衰えていたのだろう。溜《た》まりに溜まって放置されていた汚れは、ちょっとやそっと雑巾掛けをしたところで簡単には落ちなかったけれど、不要なものを一つずつ処分し、大事に取っておきたいものを整理して並べ、父が定年直後の二年をまるまる費やして分厚いカツラの一枚板に彫った『最後の晩餐《ばんさん》』を磨いたりなどしているうちに、家の中に漂う空気は徐々に清《すが》しくなっていった。

何を伝えてもその場で忘れてしまう母がまだ家にいた頃、父は一日に同じことをどれだけくり返し口にしたのか——まだしも話の通じる猫の青磁にこっそりあれこれこぼしていたかもしれない。デスクの下に落ちていた手製の貼り紙には、懐かしい右肩上がりの字で、

〈散歩してきます〉

という文言と、何度も何度も貼り直したセロハンテープのあとがあった。

見つけたそれを背の君に手渡し、

「お父ちゃん、今も散歩行ったはんねんなあ。なんちゅう長い散歩」

笑って言おうとしたのに、涙があふれた。ぽん、ぽん、と黙って私の頭を撫《な》でる彼の手が、父のそれのようで慕わしかった。

幸い、お天気には恵まれていた。桜のつぼみが日に日にふくらみ、布団や洗濯ものはさっぱりとよく乾く。背の君が家の周りの草刈りをする間、相変わらず風邪気味の私はパソコンに向かって書きものをし、洗濯機がピーピー音をたてれば立っていって、洗いあがったシーツやタオルや作業着を干した。そうして毎日、午後には二人して母に会いに行った。

もう何度目かで、しみじみ思う。背の君がいてくれて助かった。一昨年《おととし》、父を訪ねてみたら床に倒れて亡くなっていたあの時も、去年、愛猫のもみじを闘病の末に看取ることとなった十ヵ月間も、彼がそばで支えてくれなかったら自分はどうなっていたかわか

らない、と何度も思ったものだけれど、今回は、そういう心強さともまたちょっと異なるありがたさだった。

だってふつうは、と思ってみる。親との別れがもうすぐそこに迫っているとわかっている時、ふつうは、もっと悲しい気持ちになるものなんじゃないだろうか。ふつうの娘なら、母親との限りある時間を惜しむ気持ちになるんじゃないだろうか。

いま人生を終えようとしているのが父であったなら、私だってきっとそうなっていたはずだ。でも、いかんせん、母親に対しては何も感じないのだ。恨みも、憎しみも、恐怖も、もうほとんど残っていないはずなのに、人生の最晩年にある母の顔を見てもさっぱり感情が動かない。

ここ一年ほどでようやく、笑っている彼女を〈かわいいな〉と思える瞬間がほんの何度かあった。それだって、娘である私をまったく覚えていない母がどこかよそのおばあちゃんみたいだったおかげであって、母が母のままだったなら絶対にあり得ないことだ。

施設に会いに行けば、優しくせざるを得ない。頭の中身がそれこそ長い散歩に出てしまったような母の隣に座って、一人語りの世間話をしてみたり、食事の介助をしたりする。スタッフさんや、他の入所者を見舞う家族などが微笑《ほほえ》みかけてくれるたび、自分の中の偽善と向き合わなくてはならない。

子どもの頃からどうしても気持ち悪くてさわれなかった母の入れ歯に、今でもやっぱりさわれない自分。シミと皺《しわ》だらけの手や顔に触れる寸前、ぐっ、と腹に力をためて何かを飛び越さなくてはならない自分。そうしていちいち思いきって手を握り、薄くて冷たい皮膚をおそるおそる撫でたりしながら、思うのだ。

（さぁてと。どうしたもんかなあ）

心境を表す言葉としては、たぶんそれがいちばん近い。現実的な責任の所在はともかく、感情の上では、何もかもが他人事《ひとごと》みたいな感じだった。

そんなふうだったから、もし私ひとりで実家に滞在していたとしたら、こんなに頻繁に母の顔を見に行くことはしなかったと思う。「こっちにおる時ぐらい毎日会いに行ったろや」と、背の君がしごくもっともなことを言って私を引っぱって行ってくれなかったら、一週間の滞在の間に、たぶん最初と最後の二回くらいしか施設を訪れなかったんじゃないか。

「いや、それもようわかるねん。俺もおんなじやったからな」

と彼は言うのだった。

ちょうど私と母の間にあったような感情の行き違いが、彼と父親の間にもかつてあった。父親が長く入院していた間、母親や弟や娘を車に乗せて連れて行くことはしても、自分自身は一度も見舞わなかったらしい。あのとき何をおいても行くべきだった、と、彼が言うのを聞いたことはないし、今だってそんなふうには思っていないだろうけれど、だからといって後悔が少しもないわけではない。

ちなみにその、彼の父親であるヤスオというのが、私の母であるキミコの、年の離れた末弟にあたる。顔も性格もよく似た二人だが、不思議なことに、私は叔父である〈ヤスオにいちゃん〉からめっぽう愛してもらった記憶しかないし、背の君もまた〈キミコおばちゃん〉には可愛《かわい》がられた思い出しかないという。自身の子どもだと上手《うま》く愛せないところまで含めて、似たもの姉弟《きょうだい》だった。

「親父《おやじ》がまだ生きとって、おばちゃんもハッキリしとったら、俺ら、こういうことにはなられへんかったかも知れんなあ」

今でもお互いの間でよく話題にのぼるのがそれだ。私たち従姉弟《いとこ》同士が一緒に暮らすのを、いちばん血の濃いあの二人は決して許してくれなかったに違いない。

残りの親戚はといえば、うちの父親や兄貴や、彼の母親や娘をはじめ、誰もかれも最初は驚き呆《あき》れたものの、それでもまあなし崩しといった感じで受け容《い》れてくれた。数年前までなら信じられないくらい頻繁に親戚同士が行き来するようになっている現状を、今では喜んでくれてもいるようだ。

とまあ、そんなわけで——。

南房総千倉《ちくら》の実家に一週間滞在し、

「次は五月のゴールデンウィークに来るからな、それまで元気でおりや。ええな、ほんま頼むで」

キミコさんにそう言い含めて出発した私と背の君は、軽井沢の家へはまっすぐ帰らず、東京と神奈川の境目あたりに住んでいる我が兄夫婦の家に立ち寄ったのだった。折り入って、とある頼みごとをするために。

三度目の

こう言っては何だが、十歳上の私の兄貴は、かなりのシスコンである。そして、こんなことを言うのも恥ずかしいが、私もまた結構なブラコンである。だからといって実人生で困るほどのことはとくにないので、要するに、仲良し兄妹なんだなあ、くらいに思って頂きたい。

小学四年生の頃だったか、当時浪人生だった兄が学校まで迎えに来てくれたことがあった。ミッション系女子校の玄関前にどっかり座って待っていた兄を、警備員さんや先生がたはめちゃくちゃ警戒し、私に向かって、あれは誰ですか、ほんとにお兄さんですか、本当にほんとうに間違いないですか、と何度も確かめた。あんまりな仕打ちである。膝に穴の開いたベルボトムのジーンズ、肩までの長髪にヘッドバンド代わりのバンダナ、下駄《げた》履きにくわえ煙草《たばこ》……というヒッピースタイルは、時代から考えれば空気のように自然だったはずだ。

中学に上がった私は、うっかり寝坊すると母には内緒で兄を揺り起こし、廃車まで半年のポンコツ車で送ってもらった。高校が休みの日に電話がかかってきて、「お祭りをやってるから出ておいで」と呼び出され、うきうきとバスで三十分もかかる町の神社まで出かけて行ってリンゴ飴《あめ》と小さなネックレスを買ってもらったのを覚えている。今でも、会えば「よおぉぉ、久しぶりぃ～」などと臆面もなくハグし合うようなキモチワルイきょうだいなのだけれど――。

じつは、私たち二人の上には、もうひとり兄がいる。とある過去の遺恨が遠因となり、両親との仲がこじれて家を出て行ってしまったのが、彼が二十代前半の頃。しばらくの間はきょうだい三人で連絡を取り合うこともあったが、その後、まず兄同士がぶつかり、さらに何年かして二十歳を過ぎた私と長兄もまたぶつかって、それからはすっかり没交渉になった。

我が家が特別変わっていたわけではないと思う。家族が、途中でひとりの欠員も出さずにずっと同じ家族をやっていられるというのは、じつはちっとも当たり前のことではなくて、奇跡に等しいことなのだ。今ふり返っても、長兄には長兄なりに、親たちに腹を立てても仕方ないような事情があったし、次兄にも私にもそれぞれ、長兄に対して怒る理由があった。こういうことになるより他にどうしようもなかったのだ。

誰かから「何人きょうだいですか」と訊かれれば「三人です」と答えるけれども、私にとって〈兄〉といえば、今は次兄ひとりである。

その兄夫婦の家に、私と背の君がようやっと辿《たど》り着いたのは、四月六日の夕刻のことだった。某製薬会社を定年退職し、今は人工透析の患者さんをケアする仕事についている兄は、少ない休日をつぶして私たちを待っていてくれた。

母の容態についての報告を済ませ、兄の娘夫婦とその幼い息子まで交えて、暇を見ては作っているというフライ・フィッシング用の毛鉤《けばり》コレクションなども披露してもらう。何かと凝《こ》り性なのは、これはもう父も母もそうだったのであきらめるより仕方がない。

夕食後、義姉《あね》がケーキを並べてくれるそばで、兄がいつものようにコーヒーを淹《い》れ始める。ようやくひと息ついたあたりで、私はかばんの中からファイルを取り出した。

「じつはね、ちょっとお願いがあるんだわ」

「え、なに」

と戸惑う兄に、背の君が追いうちをかける。

「すまん兄貴！　なんも訊かんと保証人になってくれへんか。黙ってここへサインしてくれるだけでええねん」

一瞬きょとんとした兄は、目の前に差し出された届出書類を見るなり、大笑いを始めた。

「なんだよ、保証人って言うから何かと思ったら……」

驚いて覗きにきた義姉や姪《めい》っ子たちも、一緒になって笑いだす。

「あらあらまあ、おめでとう」

そもそも、どちらから言いだしたかといえば背の君だった。前回、二月の半ばにキミコさんに会いに行った帰り道、京葉《けいよう》道路を走っている時のことだ。ずっと黙ってハンドルを握っていた彼が、いきなり何の脈絡もなくこう宣《のたま》った。

〈そんで、いつ籍入れンねん〉

助手席の私は、まるでお約束のようにペットボトルのお茶を噴き、盛大にむせた。てっきり冗談だと思った。これまで一度も話題に上らなかったわけではないけれど、いったいどうしてこのタイミングで急に……。

ぽかんと隣を見やる私をよそに、彼は運転席の窓を少し下ろし、煙草に火をつけた。

〈一緒に暮らすようになって、じきに四年たつやろ。そろそろ形の上でもきちっとケジメつけな、シロさんに申し訳が立たん思てな〉

史郎《しろう》、という私の亡き父の名前を彼が敬愛をこめてそう呼ぶのはいつものことだが、改めてそれを聞いた時ようやく、ああ本気なんだな、とわかった。

「とまあ、そういうわけなのよ」

事のなりゆきを説明しながら、私は義姉が綺麗《きれい》に拭いてくれたテーブルに書類をひろげた。

「サイン、してくれる？」

「おう、するする。こんな嬉しいサインならいくらだってしてやるぞ」

「いや一回でいいんですけども」

これを書くのは、私も背の君もそれぞれ三回目なのだが、書き方なんぞはとうに忘れていた。感慨深さから言ったら今回がいちばん、と思うのだって、もしかすると前のことを忘れているだけかもしれない。記憶なんてあてにならないものだ。

それでもやっぱり、と思う。一回目の時は若くて、籍を入れることに疑問なんて抱きもしなかったし、二回目の時は、入れることで相手との関係性が少しは変わるんじゃないかと望みを託すような気持ちだった。それが今回は、呆れるくらい自然なのだ。入れても入れなくても、今日も明日も変わらない。互いの近さに変化もないし、親戚だってただの一人も増えない。でも、お互いがお互いに対して、またお互いの大切な人たちに対して、法的にもはっきりと責任を持てる立場になる。それが嬉しく、心強い。

保証人ならぬ〈証人〉の欄の一方にはすでに、背の君の母親であり私の叔母であるひとのサインをもらってあった。

兄の手もとにペンと印鑑を用意してくれた義姉が、

「ねえねえ、それでいつ提出するの？」

と訊く。目が、キラキラを通り越してピカピカしている。

「今んとこ、来月の二十六日にしよか、て思てるんやけど」

と、背の君。

「あら、何かの記念日？」

「俺の誕生日だったら二十四日だよ」

と真顔でボケをかます兄に向かって、私は首を振ってみせた。

「五月二十六日はね。去年逝ったもみじの誕生日なんだわ」

春にゆく

翌日、兄の家の近くから再び高速に乗り、軽井沢へ向けて走っている時だった。バッグの中で携帯が鳴り始めた。

南房総の施設からだ。

嫌な予感どころかほとんど覚悟を決めて耳にあてると、担当スタッフのOさんが、〈張りつめた〉と〈沈んだ〉の中間くらいの声で、母の容態がまた一段階進んだことを教えてくれた。今のところ苦しそうではない。ただ昏々《こんこん》と眠っている。診察もしてもらったが、おそらく時間の問題ではあると思う。要約すればそういった内容のことを可能な限り言葉を選んで伝えてくれたうえで、Oさんは言った。

「今、どちらにいらっしゃいますか。これから戻ってみえることはできますか」

とっさに頭をよぎったのは、原稿の〆切と、週半ばに控えたラジオのレギュラー番組のことだった。

原稿は、これから帰って突貫工事で仕上げなければ明後日いっぱいの〆切に間に合わない。その翌日のラジオは上京しての収録で、さらに晩には、初対面の方たちとの重要な打ち合わせが控えている。とはいえ、母は今まさに死んでいこうとしているのだ。そんな時に私は……。

思わず、ハンドルを握っている背の君のほうを見やる。やりとりを聞いていた彼は、まっすぐ前を向いたまま言った。

「とりあえず兄貴に連絡せえ」

一旦切った電話ですぐさま、今朝別れたばかりの兄に連絡を取る。母の状態と、私の置かれている状況の両方を話すと、

「わかった」

兄はいつもよりひときわ低い声で言った。

「とりあえず俺のほうで調整してみるから、由佳は安心して仕事しなさい」

しかし兄だって、簡単に休みの取れる仕事ではない。人工透析の患者さんの命を預か

っているのだ。ああは言ってくれたけどシフトの調整は急には無理かもしれない、と気を揉《も》む私に、背の君が言った。

「心配すな。いざとなったら、お前を家に落っことして俺だけ引き返すわい」

手を伸ばし、ギアの上で彼の手を握りしめる。

「……うん。おおきに」

「息子や娘でのうて甥っ子が駆けつけるんでも、この際、キミコおばちゃんも文句言わへんやろう。いや、言うか、あのひとやったら」

「まあ言うやろなあ。全員揃《そろ》わなんだら、きっとボロクソ」

ふふ、ふふふ、と二人して笑って、それから、何とも言えない溜め息が漏れた。

結局のところ、兄夫婦がその日のうちに千倉へと走ることになり、そこから後は義姉がLINEで状況を逐一書き送ってくれた。

翌日の深夜まで原稿を書き、体内電池が切れて横になった朝方五時過ぎ。

携帯が鳴った。呼び出し音一つでベッドに起きあがると、部屋の空気は夜明けの薄紫色で、足もと正面のチェストに飾ってあるもみじの写真とまっすぐに目が合った。いま逝った、という報《しら》せだった。

「お義母《かあ》さん、ちっとも苦しまなくて、静かな最期だったそうよ……」

昨夜《ゆうべ》は実家に泊まっていた兄夫婦が、施設からの報せですぐに駆けつけた時には、ひと足違いで息を引き取った後だったそうだ。

そっか、うん、うん、と相槌《あいづち》を打ちながらも、全然、まったく、実感が湧いてこない。なぜだか若い頃の母の姿が浮かぶばかりで、相変わらず感情はぴくりとも動かない。悲しくも何ともないのは、まだこの目で見ていないからだろうか。それより何より、息をしない母のすぐそばに付き添っている兄のほうが気がかりだ。

もう二十年くらい前になるけれど、私が旦那さん一号と鴨川《かもがわ》のログハウスに暮らしていた頃、ふと兄に尋ねたことがあった。

〈兄貴はさ、お父ちゃんが死ぬのと、お母ちゃんが死ぬのとではどっちが辛い？〉

そのとき兄は、お前、すごいことをあっさり訊くね、と苦笑しながら、だいぶ長いこと考えた末に言った。

〈もちろんどっちも辛いけど、親父に関してはどこかであきらめがつく気がする。これはやっぱり、俺が男だからなのかな。どっちかって言えば、おふくろのほうがきついな〉

今、その兄は、どんな気持ちで母の死顔を見ているんだろう。

「こっちのことは気にしなくて大丈夫だからね」

と、義姉があえて明るく声を張って言ってくれる。

「由佳ちゃんは、明日の晩、東京での仕事が終わってから来てくれたらいいから。風邪だってまだ治りきってないんでしょ。いま無理しなくたって、ほら、もう急ぐ必要はないんだもの。こっちで必要なことはナオヤさんととりあえず進めておくし、何か迷ったら電話で相談するから」

電話を切ると、隣で寝ていた背の君がしわがれ声で呟いた。

「アカンかったか」

「うん」

しばらくの間、黙って何となく手を握り合っていた。

それからベッドを出て、いつものとおり、まずはもみじに供える水を取り替える。正確には、お湯。いい湯加減、といった感じの熱さが彼女の好みだ。

「はい、もみちゃん、どうぞ」

グラスを置くと、写真立ての中から、愛くるしい目をした三毛猫がこちらをしげしげ見上げてくる。

そばに来た背の君が言った。

「なんでか、みぃんな春に逝きよんのう」

——お母ちゃん、もしかしてあなたは雪女だったんですか。

真顔でそう訊きたくなるほどのたっぷりとした雪が、翌朝起きたら積もっていた。

四月に入ってもうだいぶたつ。いくら軽井沢とはいえ……いやしかし、何年か前には四月二十日を過ぎてからドカ雪が降って積もり、埋まった車をシャベルで掘り出さなくてはならなかったこともあった。

万一あの時みたいに降り続けたら、かなり困る。新幹線が止まれば私は東京の仕事に行けなくなるし、別行動で先に南房総へ向かう背の君だって峠を越せなくなってしまう。

予定よりもだいぶ早めに家を出て、まずはラジオの仕事に向かった。徹夜で原稿を書きあげ、どうにか間に合わせて納めたばかりなので、その昂揚《こうよう》と眠気とが入り混じり、頭も足もともふわふわしている。新幹線の座席に背中を預けたとたん、ふうーっと長い息が声になって漏れた。

最初のトンネルを抜けただけで、雪なんか跡形もなかった。桃が咲き、辛夷《こぶし》が咲き、窓の外遠くでは田んぼのかたちに一面の菜の花が揺れていた。

駅のコンビニで買ったおにぎりやサンドイッチをきれいさっぱりお腹に納める。ものすごく眠くなって目をつぶるのに、閉じたまぶたの奥が妙に明るくて寝付けない。

頭の中では、いくつもの聖歌がメドレーで鳴り響いていた。つい先週、眠り続ける母の枕元で、キーボードをオルガンの音色にセットして弾いた曲たちだ。

背の君が、「どうせキミコおばちゃん、寝たふりしたはるだけでほんまはめっちゃ聞こえてるで」などと言うものだから、私も何となくその気になって、〈主われをあいす〉

〈みどりもふかき〉〈まきびとひつじを〉〈まえにまえに〉〈いつくしみふかき（ともなるイエスは）〉……さすがに〈主よみもとに〉だけは葬儀のとき歌う曲なので自粛しておいたけれど、我が家に半世紀も前からあった古今聖歌集をひろげて片っ端から弾きまくった。

母はむかし小学校の臨時教員をしていたことがあって、そのためかほとんど独学でピアノやオルガンの伴奏を身につけていた。メロディに和音を組み合わせるくらいの簡単なものだけれど、歌がどの高さへ移調しようとも、伴奏もまた黒鍵を駆使して合わせられるあたりは特技と言ってよかった。

だから父は、母が施設に入った時、愛用の小さなキーボードを運びこませてもらったのだ。他のことはどれだけ忘れても耳と手だけは音を覚えているようで、体調と機嫌が両方ともいい日は、スタッフさんにちょっと促してもらうだけでちゃんと指が動く。入所者の皆さんの合唱する童謡に合わせて伴奏しながら、母はいつも得意そうだった。

考えてみると、得意になる、というのは、基本的に自分自身を好きで肯定していない限りは不可能なことだ。母は、父が亡くなるまでは父のことがいちばん好きだったし、自分自身が亡くなる直前まで、自分のことを大好きでいられたんだな、と思う。よかった。たぶんそれは、かなり幸せな人生だったということなんだろうから。

結局、新幹線が東京に着くまで一睡もできなかった。

脳みそのかわりに海綿が詰まったみたいな頭でNHK放送センターの長い廊下を歩き、おはようございまーす、とスタジオに入ってみると、番組スタッフがみんなして悲痛な顔で出迎えてくれた。昨日の私のツイートを目にしたらしい。

「こんな大変な時に、ほんとうにすみません」

謝ってくれるスタッフみんなに、いやいやいや、あくまでもこちらの都合だもの、と笑って手を振り、ふだんと同じにブースへと入る。とどこおりなく収録を終えてから、続いて某出版社での打ち合わせに向かう頃、外は、雪ではなく、ものすごい横殴りの雨になっていた。

いつもの私は最強の晴れ女を自負しているというのに、この夜の雨はさっぱり止《や》まなかった。東京駅八重洲《やえす》南口のロータリーから出発する最終の高速バスは、売店の小さなお弁当をかかえた私の他にほんの数人の客を乗せ、叩《たた》きつける雨粒を払いのけながら東京湾を渡ったのだった。

生活の実感

最後の二人連れが館山《たてやま》駅でバスを降りると、乗客は私一人になった。

「時間の調整が必要ですので、すみませんが少々お待ち下さい」

そう言って、運転手さんもまた降りてゆく。街灯の下、別の高速バスの同僚と談笑する様子を見るともなく眺めながら、雨粒の残る窓によりかかる。あれほど激しかった雨もいつのまにか上がり、開けっぱなしのドアから流れ込んでくる空気はまぎれもなく春の匂いがした。

二十分もの調整を終えた後、貸し切りのバスが再び走りだす。何度も何度も車で通い慣れた道なのに、いつもより高い窓から見おろす濡《ぬ》れた夜の景色は妙によそよそしく映る。

東京に長く住んでいた父と母が、南房総に越してから、もう二十年以上が過ぎた。私と旦那さん一号の暮らしていた鴨川に近いところに住みたい、でもあんまり近くでは嫌だろうからと、スープは冷めるくらいの距離にある千倉を選んだのだ。

当時は二人ともまだまだ元気だった。ともに七十過ぎ、耳が遠くなったとか腰や膝が痛いとか物忘れがどうとか言いながらも、家の前の広い畑を借りて、近所の農家のおじさんに教わりながら自分たちが食べるほとんどすべての野菜を作り、ジャガイモやサツマイモ、スイカやメロンなどを親戚じゅうに宅配で送りまくり、毎週日曜日には電車で館山の教会へ通っていた。

望んで選んだ田舎暮らしだったはずだが、都会の刺激が忘れられない母は、はじめのうち毎月のように一人で内房《うちぼう》線の特急に乗って東京へ出て行き、両手に大丸《だいまる》やら三越《みつこし》やら伊勢丹《いせたん》やらの紙袋をさげて帰ってきたものだ。落ちつくのに数年はかかった。

買物依存症というものがあることを知ったのは、かなり後になってからのことだ。認知症になり、施設に入った時、必要なものを届けなくてはと実家のタンスを開けてみたら、値札が付いたままのブランド服や、やたらセレブな雰囲気の帽子などが引き出し何杯ぶんも出てきた。さすがに今さらそれらを着てもらうわけにもいかないので、デザインは二の次、肌触りが良くてゆったりとした着心地のものを量販店で買い直して届けた。母はもう、それらに文句はつけなかった。

たとえばの話、自分に贅沢《ぜいたく》を許すとして、あなたはいくらまでのものなら思いきって買えるだろうか。

五千円？　一万円？　それとも三万、五万、自分への特別なご褒美という言い訳までつけた上での十万円……？

母にとってのその基準は、ふだんはだいたい五万円くらいのところで留《とど》まっていたようだ。それでも結構な散財だし、おまけにケチくさいことが何より嫌いで、いざ大きな買物をするとなったら選択肢の中でいちばんいいものを選ぶ。

サラリーマンだった父は当時の平均からするとずいぶん頑張って稼いでくれていたはずなのだけれど、母の浪費のおかげで家にはいつもお金がなく、おまけにミッション系の私立に通う私の学費が家計を圧迫していた。

と言っても、おこづかいがとても少なかったのは財政的な事情というより母の教育方針だった。高校を出るまでアルバイトは許してもらえなかったから、仲間と遊びに出かけると我慢することが増える。生まれて初めてみんなと某フライドチキン専門店に入った時は、一ピースの値段にびっくりして、お腹がすいていないからとかろうじてジュースだけ頼んだ。おごってあげるよと友人は言ってくれたが、後で返せない恩は施《ほどこ》しと同じだ。たまらなく美味《おい》しそうな匂いを吸い込まないように口で息をしながら断った。

一日も早く自分でお金を稼ぎたかった。大学に進み、ようやく初めてのアルバイト代で買ったシャツは白地に青い薔薇《ばら》の模様が入っていて、着られなくなってからもあまりの思い入れにずっと捨てられなかった。今では、自作したパッチワークのベッドカバーの一部になっている。

そんな私について、「いくらまでの贅沢なら自分に許すか」を正直に言うならば、十年ほど前、まだ本が今よりもずっとよく売れていた頃は、三万円の買物ならあまり迷わなかった。五万円でも、まあ何とかなった。

年に一度か二度はもうちょっと思いきった買物もしたし、海外などの旅先だったら一《いち》期一会《ごいちえ》だと思って清水《きよみず》の舞台から飛び降りもした。さらに言うと、恋人や旦那さんのためともなれば東京タワーから飛び降りるくらいの馬鹿もしでかした。そうすることが喜びだったのだから、貢ぐのさえも結局は自分のためだったと言えるかもしれない。

でも、今は、違う。目の前にこの先も大事に守っていきたい暮らしがあるからだ。誰に誇れなくても自分にだけは誇れる仕事があり、終《つい》のパートナーだと信じられる相手がいて、猫たちをはじめとする生きものに囲まれ、ささやかな庭があり、毎日のごはんが美味しい。そういった生活を何より大切なものとして愛おしむ気持ちがあるから、身の丈を超えたものを欲しいとはまるで思わなくなった。

軽井沢駅前にはせっかく大規模なアウトレットモールがあるというのに、めったに行くことはないし、行ったとしても以前なら高級ブランドの店へも足が向いたけれど、今やせいぜいフードコートとキッチン雑貨の店にしか用がない。その店で、何ヵ月も迷いに迷った末に思いきってそれぞれ選んだ色柄違いのお茶碗《ちゃわん》(一つ三千円也)で、毎日向かい合わせに炊きたての土鍋ごはんを食べる……。

臆面もなく言わせてもらうと、これまで生きてきた中で、今がいちばん幸せだ。というか、幸せというのはこういうことなのだな、と初めて実感できた気がする。

最愛の父と最愛の猫を二年続けて喪《うしな》うといった哀《かな》しみにも、たぶんその生活があったからこそ耐えることができた。そしてまた一年たった今、最愛の、と呼ぶには難しい母をも亡くしたというわけだ。

高速バスの運転手さんにお礼を言って、人けのない千倉駅前のロータリーにただひとり降り立つ。

街灯に照らされた桜の木の下に、背の君が青いジープを停《と》めて待っていた。濡れたボンネットにも地面にも、びっしりと花びらが貼りついていた。

対面

「お疲れさん」

助手席に乗り込んだ私に、背の君は言った。

たしかに、長い一日だった。もう十一時近い。でも、彼のほうも軽井沢から三百キロ以上を運転してきたのだ。

「えらい雪やったわ。峠、越されへんか思た」

言いながら車を出す。あちこちで満開の夜桜を眺めながら聞いても、まるで現実感がない。

「メシはちゃんと食うたんか」

「うん。バスの中で軽く」

「腹減っとるやろ」

いつもならそのはずなのだが、あまり食欲がない。母のことがこたえているというよりは、数日前からばたばたと色々あって長距離移動が続き、〆切をクリアするのに徹夜などもして、その果てに高速バスに揺られたせいで今日のぶんの元気はちょっともう残っていないというだけだった。

背の君は、ずっとこちらにいてくれた私の兄夫婦と三人で、義姉が作ってくれた夕食を食べたと言う。

「キミコおばちゃん、安らかやったで」

「今は？」

「うちに寝たはるわ」

「……そっか」

海べりのまっすぐな道を走りながら、彼は私のほうをちらりと見た。

「コンビニ寄ってこか。明日の朝のぶん、好きなもん買《こ》うとき」

私は、黙って頷いた。どうしたって対面しないわけにはいかないのだから、先延ばしにしていても仕方がないのだけれど、何となくぐずぐずしてしまう。そういう気分が、彼にはお見通しらしい。

松林に面したコンビニに車を停め、買ったばかりのアイスを食べた。私はアーモンドクランチのチョコバーをかじり、彼はモナカを頰張る。俺は別に要らんし、と言うのに、いいから付き合えと強要したのは私だった。夜中のアイスばかりは、一人より二人で食べるほうが絶対に美味しい。

下ろした両側の窓を、潮の香りのする湿っぽい風が吹き抜けてゆく。

ここから歩いて行ける場所には両親が二十年ばかり暮らした家があって、けれど一昨年の春に父が突然倒れて亡くなって以来、そこにはもう誰も住んでいない。たったの二年前まで、父も母も一応は元気でこの土地に暮らしていたのに、あっという間に二人ともいなくなってしまった。

ここ十年ほどは、誰かから親の介護の話を聞かされるたび、他人事ではないと耳を傾けてきた。義姉ともたびたび話し合って、いよいよとなったら父のほうは私が家に引き取り、母については兄宅で、というような相談をしたこともあったのだ。でも結局、どちらも現実にはならなかった。父はただの一日も寝付くことなく、母は施設で手厚い介護を受けるだけ受けて、それぞれ予想より早く旅立ってしまった。

夜風のせいばかりでなく、なんだか背中がすうすうする。

食べ終えたアイスの棒を持ったままぼんやりしていたら、背の君がそれを私の手から取り、ポリ袋に入れて、わざわざコンビニのゴミ箱へ捨てに降りていった。がさつなくせにまめな男の背中を眺めやりながら、私は、喪失感とも解放感ともわからない気怠《けだる》さに身を任せていた。

家で待っていた兄夫婦が私を迎えてくれた時、母は、皆が食事をするダイニング兼リビングの床に敷いた布団に仰向《あおむ》けに寝かされていた。父の時と同じ葬儀屋さんが来て、きちんと整えてくれたらしい。来客用の掛布団の花柄がのどかだった。

「疲れただろう」

「いやいやいや、兄貴たちこそ」

いつもと変わらない温度で言葉を交わし、布団を横目にダイニングの椅子に腰を下ろす。さっぱりと化粧を落とした義姉の淹れてくれるお茶を四人で飲みながら、明日からの葬儀関連の段取りなどについて話し合ううち、義姉がふと訊いた。

「あら？　そういえば由佳ちゃん、お義母さんのお顔はもう見たの？」

「それが、じつはまだ」

兄がふっと苦笑する。

「会ってやりなよ。おふくろ、穏やかな顔してるぞ」

「うーん」

気の進まないことおびただしいのだが、ずっと見ないでおくわけにもいくまいし、いやだと言えば兄が悲しむ。

そばへ行き、枕元に正座して、顔にかかっている白い布を思いきって取りのける。

母は、薄く口をひらいて眠っていた。想像していたよりもはるかに呑気《のんき》な死顔だった。

私の記憶に染み着いている母の顔というのは、寝ている時でさえ険のあるぴりぴりとしたものだったのに、この寝顔のあっけらかんとしたことといったらどうだろう。

(――なんだ。怖くないや)

それが、ほとんど唯一の感慨だった。

それでも、長いこと眺めているにはやはりきついものがある。

「ごくろはんやったねえ。遅なってすまなんだ」

とりあえずそれだけ謝って、白い布を再びかけた。

案の定と言うべきか、涙は一滴もこぼれなかった。こみあげてくるものさえなかった。

意外だったのは、そういう自分に対する嫌悪感や罪悪感がとくに湧かなかったことだ。もうずっと前から、母が死んだ時にさえ泣けないのではないかと想像しては困惑し、そんな自分は娘として以前に人としてどうなのかと苦しくてたまらなかったのに、今そのとおりになってみても、冷たいとか情けないとか申し訳ないといったような感情は湧いてこないのだった。母に対しても、誰に対してもだ。

何だかこう、私のほうが、母よりも先に成仏してしまったみたいな感じだった。

その晩、私と背の君は、同じリビングの床に布団を敷き、母の足もと近くに枕を二つ並べて寝た。しっとりとした夜気の中、義姉の供えてくれた花瓶の花がほのかに香っていた。

一緒に丹精した庭を
二人で眺めていると、
うん、大丈夫、と思える。
いろいろあっても、大丈夫。

まさか運命の出会いだなんて
思いもしなかった。

2 別れが出会いを連れてくる

再会

母の最期の立ち会いから葬儀の段取りに至るまで何もかも兄夫婦に任せっきりだったので、せめて、と朝は私が台所に立った。

トーストは、四枚切りならぬ禁断の三枚切り。分厚いやつに十字の切り込みを入れ、バターをたっぷり塗ってからこんがりと焼く。溶けたバターがしみしみになったところへハムをのせ、目玉焼きをのせ、上からマヨネーズをかければ至福の朝食の出来上がりだ。

コーヒーは、私など足もとにも及ばないくらい美味しいのを兄が淹れてくれる。何しろ、「おいしいコーヒーのいれ方」シリーズにおける喫茶店『風見鶏《かざみどり》』のマスターのイメージモデルはこの兄だったくらいだ。

トーストとコーヒーのこうばしい香りが入り混じる。もりもり食べながら、母の横たわる布団越しに庭を見やる。大木に育ってしまったゴールドクレストの木陰には、折りたたみ式のガーデンチェアがまだそのまま置かれている。父はいつも、散歩してきた帰りにはそこに腰掛け、日向《ひなた》ぼっこしながら庭木や花を眺めるのが日課だった。

私がまだ旦那さん一号と鴨川に暮らしていた頃、できるだけ近くに住みたいという両親に付き添ってこの土地を探しあてた時、いちばん気に入ったのは、目の前がよその畑で、当分の間は他の家が建ちそうにないことだった。それから二十年、畑は今も畑のままだ。

数年前まで両親が借りて家庭菜園にしていたのがそこだが、二人とも衰えて作業ができなくなってからは持ち主に返し、ここ数年は春から夏になると家畜飼料用のトウモロコシが栽培されている。実りの時季には映画の『フィールド・オブ・ドリームス』みたいになる。私が、ずーっと会っていなかった大阪の従弟（のちの背の君）とここで二十五年ぶりに再会したのも、丈の高いトウモロコシがびっしりとそろって揺れる真夏のことだった。

が、四月半ばにもならない今は、土に鋤《す》きこむための堆肥がところどころに盛られているだけで何も植わっていない。広がる空は重たげな雲に覆われている。葬儀を明日に控えているのに、どうやら夜半からまた雨が降るようだ。

「おう、何とかせえよ」と、背の君が無茶を言う。「お前いっつも、じぶん〈晴れ女〉や言うて威張っとるやないけ」

たしかに私自身は梅雨時でさえ傘を持って歩いたことがないのが自慢だが、どうにもこうにも、母にとっての一大イベントでその力を発揮してのける自信はない。ちなみに昨日、一昨日《おととい》と軽井沢にまとまった雪を降らせた母は、〈雪女〉である前にそもそも最強の〈雨女〉だった。

午前中は四人がかりで片付けと掃除に専念した。大きなソファを移動させ、腰の高さの書棚に白いシーツをかけて祭壇にし、その横のパソコン机も布で覆って目立たなくする。にわかづくりの祭壇だけれど、真上の壁に父が彫った例の『最後の晩餐』がかかっているおかげで、なんだかこの時のためにあつらえたかのように荘厳な雰囲気が漂う。

昼過ぎには両親が通っていた館山の教会から司祭さまがみえて、葬儀屋さんの協力のもと〈納棺の儀〉を執り行って下さった。母にきれいな死化粧《しに》を施して下さったのも、一昨年の父の時と同じ女性スタッフさんだった。

そのあと、お花屋さんが到着し、祭壇の両脇と柩《ひつぎ》の枕元と足もと、そして正面に、山盛りの花が生けられた。何しろ花の好きなひとだったからと、打ち合わせの段階から兄夫婦が花だけはめいっぱい飾ってくれるように言ってあったのだ。

みっしりと花に埋もれた柩、というより花と柩で埋まった居間を見渡して、

「今晩、由佳たち布団敷けるかね」

と兄が心配する。

「だいじょぶ、だいじょぶ。何とでもなるなる」

言い置いて、私は外へ出た。

これまでお世話になっていたご近所の家に（といっても近くには二軒しかないのだけれど）、一応のおことわりをしておかなくてはならない。父の時は教会で葬儀をしてもらったが、明日はほぼ親族だけの自宅葬だから、家の前に霊柩車《れいきゅうしゃ》が乗り付けるし、その他の車も五、六台は停まることになるだろう。

距離の近い裏手のお宅に挨拶をし、それから、畑の向こう側に建つYさんのお宅へ向かった。道ばたの桜の木から、はらはらと花びらが散っている。

と、その時、はっと気づいた。

Yさん宅の前、道路と畑の境目のところに、白っぽい猫がうずくまっている。むこう向きに香箱を作っているので、茶色い尻尾と耳の先が目立つ。近づいてゆく私の足音にこちらをふり返った顔も同じく、美味しそうなチョコレート色をしていて、瞳は透きとおるようなブルー。やっぱりだ。先週、私と背の君が実家に滞在していた時、ベランダの網戸越しに家の中を覗いていたあの猫だ。

三世代が同居するYさんのお宅が猫好きなのは知っている。のどかな田舎だけに猫たちはみな外と家の中とを自由に出入りしていて、私たちも実家に来るたび、庭先をさまざまな色柄の猫が横切ってゆく様子を楽しませてもらっていた。春先などはすばしっこい子猫たちを連れた母猫を見かけることもあったし、中には背の君が勝手にあだ名をつけたおなじみさんもいた。ふわふわ長毛の美人猫には〈モフ美《み》〉、困り顔をしたトラ猫には〈コマッ太《た》〉、とまあそんな具合だ。

どう見てもシャム猫の血が混じっているこの子も、きっとYさんちでお世話になっているに違いない。これまでモフ美やコマッ太がそうだったように、そばへ行けば逃げてしまうんだろうなと思いながら、私は五メートルばかり離れたところにそっとしゃがんだ。あとで背の君に見せてやるべく写真を一、二枚撮ってから、青い目でまじまじとこちらを見ている猫に声をかける。

「にゃーお。久しぶりやんねえ。前に会《お》うたん、覚えとる?」

そのとたん、猫は立ちあがり、私を目がけてまっすぐに駆け寄ってきた。

なはーん、あんっ、なははーん。

猫というよりは小鳥みたいに高くて細い声で鳴きながら小走りに近づいてくると、しゃがんでいる私のジーンズに頭をこすりつけ、撫でてやれば身体をくねらせる。

うわあ、と歓喜に打ち震えながら、私はその子を撫でまわした。こんなに小さいのに、どうやら妊娠しているらしい。水を詰めた風船みたいに重たげなお腹をまさぐれば、指先に乳首のつぶつぶとした感触が触れる。

後肢《あとあし》で立ちあがって私の膝に手をかけるので、そうっと抱き上げてみると、彼女はますますごーろごーろと喉鳴りを大きくしながら茶色い鼻面をぐいぐいこすりつけてきた。

体格に似合わぬたいそうな力で、

「え、なになに、どうしたん」

思わずそう訊いてしまうほどの激しさだ。

お腹の子をつぶさないよう気をつけながら抱きしめる。

——ああ、あったかい……。

うっかりすると泣けてきそうだった。我が家にいる他の四匹だって甘えることは甘えるけれども、ここまで激しくは私を求めない。もみじを喪ってから一年と二十日、ずっと身体の真ん中に穿《うが》たれたままだった空洞を、ちょっとでも埋めてもらった気がして胸が温《ぬく》もる。

ひとしきり甘えまくった後、猫はすとんと地面に下り、しゃがんだ私の脚の間にぴったり納まるように、こちらへ背中を向けて座った。祠《ほこら》に鎮座するお地蔵さんみたいだった。

何なの、この子。

あっけにとられて、ミルク色した頭のてっぺんを見おろす。ほとんど見も知らぬ人間に何の躊躇《ためら》いもなく甘えて、それどころかいきなり背中を預けちゃって大丈夫なのか。

しかし本人は、ごーろごーろ、ぐーるぐーると喉を鳴らしながら、そろえた前肢で小さく足踏みしている。めちゃめちゃゴキゲンらしい。

ずっとこうしていたいけれど、そういうわけにもいかない。そもそも何をしに来たのだったかを思い出し、最後に猫をひと撫でしてから立ちあがって、Yさん宅の呼び鈴を押した。

父の時は警察や救急車が騒がしく出入りしたから、ご近所の方たちはこちらがご挨拶にうかがうより前に察していらしたが、母は施設での生活が長かったので、出てきたお姑《かあ》さんに話すとずいぶん驚かれた。

「明日が葬儀で、自宅でのささやかな家族葬なんですが、それでもいろいろお騒がせしてしまうかと思うんです」

ごめんなさい、と謝る私の足もとに、猫が寄ってきて身体をすりつける。お姑さんはそれを見おろしながら、いえいえ、と首を振った。

「そうでしたか……。でしたら明日は、ご出棺の時にお見送りさせて頂きますね」

「ありがとうございます。母も喜ぶと思います」

玄関先の池に頭をつっこむように水を飲んでいる猫を見やり、

「可愛い子ですねえ。甘えんぼさんで」

私が笑って言うと、お姑さんもほっとしたようににっこりした。

てっきりそこでお別れかと思ったのに、門を出た私のあとを、猫は走って追いかけてきた。

歩みをゆるめた私のふくらはぎに体当たりをし、8の字に脚の間をすり抜けてはこちらを見上げて鳴く。歩こうとしても、前へ出す足の一歩一歩に顔をすりつけ、何ごとかを訴えながら膝から腿《もも》へとよじ登ろうとする。

「ちょ、どうしたん？」

なひゃん、あ、あーん。

「なによ。もっと？　もっと撫でるの？」

なひゃーん、あ、あん。

「行きますよ、ほら。危ないってば……歩けません。歩けませんってば……何なん、可愛いなあもう」

思わず本音が口に出た。

可愛い。ああ、なんて可愛いんだろう。ほとんど初対面と変わりないのに、こんなにもまっすぐ、心の内側にまで愛しさが刺さってくるのはどうしてなんだ。

とうとう、実家へと続く私道の入口までついてきた猫を、再びしゃがみこんで撫でさすりながら、私はポケットからスマホを取り出して電話をかけた。

「ん、どないした？」

五十メートルばかり先に見えている家の中から、背の君が応える。

私は言った。

「こないだの猫が居てるねんけど」

「どこに」

「私の足もと」

「ええ？　どこやねん、今」

「私道の入口んとこ。Yさんちからずっとついて来よって……可愛《かい》らしでぇ、めっちゃ甘えんぼやねん。な、ちょっと見にけえへん？　たぶんこの子、逃げへん思う」

俺は別にええわ、とか言うかなとも思ったのだが、背の君の返事はひと言、「今行く」だった。

まもなく、玄関ドアが開いて閉まる音がした。間に遮るものがないので、はっきりと耳に届く。

こちらへ歩いてきた彼は、あと二十メートルくらいのところまで来ると歩調を緩めた。ゆっくりゆっくり近づいてくる男を、猫は私から少し離れ、茶色の耳をぴんと立てて注視している。

さっきの私と同じくらいの距離をとってしゃがむと、背の君は、

「よう。久しぶりやの」

これまた私と同じことを言って、そっと人差し指をさしだした。迷う様子もなく猫が鳴きながら走り寄り、その指先に鼻面から全身をこすりつける。

「何ちゅう名前？」

「わからん。聞いてない」

母猫、と呼ぶには小柄すぎる猫を、お前がまだ子どもやんけ、と背の君が目を細めて見おろす。両手で撫でくりまわしてもらった猫が、また私のほうへ戻ってきて鳴き、膝に、肩に、一生懸命よじ登ろうとする。

「なんなん、甘えんぼやろ？」

「な、こいつ」

「うーん」

背の君は、半ば困惑したように首を振って言った。

「甘えるとかそういう域、超えとるわ」

もの言う瞳

猫はそのまま、私たちを追いかけてきた。私道の真ん中、轍《わだち》を免れた草が生えている部分を選んで歩きながらついてくる。背の君と私の顔を交互に見上げては、後になり、先になりしてついてくる。時々私の脚に身体をすりつけ、また草のベルトの上へ戻り、かすれ声で何やら一生懸命に鳴いてはついてくる。

とうとう実家の玄関に続くアプローチまでたどりつくと、立ち止まった私の足もとにちんまり腰を下ろし、さあどうしましょ？　みたいな顔でこちらを見上げた。

「家ん中はあかんぞ」

と、背の君が私に釘《くぎ》を刺す。

わかっている。明日に備えてやっと掃除が済んだところだし、飾ってある花を倒したり、ましてや柩の上に飛び乗ったりなんかしたら、中で寝ているキミコさんがどんなに怒るかわからない。起きあがって猫をつまみ出すかもしれない。

と、すぐそこの居間のサッシがするすると開いた。

とっさに逃げ腰になった猫を、よしよし、だいじょぶだいじょぶ、となだめる。

中から顔を覗かせたのは兄夫婦で、

「え、どこの猫？」

自分もけっこうな猫好きの兄が言う。

「向こうのYさんちの子。ついてきちゃった」

「先週、俺らがここにおった時もいっぺん顔見せよってんけどな」

と背の君。

猫は、危険がないとわかったようで、私の足もとにちょこなんと座りこんで兄夫婦を見やり、黙って目をしばしばさせていた。

そうこうするうちに、あたりがだんだん暮れてきた。少し肌寒い。

「お前もええかげんにしといて入りや。風邪ひくぞ」

背の君はかがみこみ、最後に猫の頭をわしわしと撫でると家の中に入っていった。玄関ドアがゆっくりガチャンと閉まる。

ひとり残った私は、足もとを見おろした。猫のほうも、座ったまま私を見上げてくる。花冷えの夕暮れの中、空のように、海のように、貴い宝石のように澄みきったブルーの瞳が、まっすぐに私を見つめて動かない。

「あかんってば」

たまらなくなって私は言った。

「家には入れたげられへんの」

なんでぇー？

と鳴いた猫が腰を上げる。半端な長さの茶色い尻尾を立ててびりびり震わせながら、なんでぇー？　なんでぇー？　なんでぇー？

ひたすら私の顔を見上げて練り歩き、ジーンズのふくらはぎに前肢をかけて伸びあがったりもする。

「しゃーないでしょぉ。いま家ん中、花でいっぱいやねんもん」

なんでぇー？

「うちのお母ちゃん、亡くなりはってんわ。明日がお葬式なん」

ふうーん。

「ちゅうかあんた、自分のおうちあるでしょぉ。ここの家は、いつもは留守なんよ」

しってるー。

「明日が済んだら、また留守になってまうのんよ」

なんでぇー？

「私らみんな、遠くへ帰らなあかんから」

大真面目に言い聞かせながら、自分でも思った。傍《はた》から見たら、ちょっとあぶない人だ。

さっき背の君がしていたように、かがんで猫の頭をよしよしと撫でる。

「さ、あんたももう、おうち帰り。な？」

最後にそう言い含めて、玄関ドアを開けた。

さすがに、知らない家への躊躇いはあるらしい。猫は、一緒に入ってこようとはしなかった。ただ、ドアが閉まるまでの間、もう鳴きもしないで私の顔をじっと見ていた。

生きている者は、食べなくてはならない。

義姉と一緒に台所に立ち、四人分の夕食の仕度をする。

買物依存症でしかも蒐集癖《しゅうしゅうへき》のあった母は、食器といいカトラリーといい鍋釜といい包丁といい、とにかく気に入ったものは手当たり次第に買い、使いきれずにしまい込んでいた。たまの大掃除の時に手伝いに来た私が、戸棚の奥で忘れ去られたまま埃《ほこり》をかぶっていた鍋や皿を出してきて「これ要るの？」と訊《つ》くと、「何言うてんねん、大事にしもたぁんのに。ちゃんと戻しといてんか」と目を吊り上げて怒り、鍋や皿は元通り、また埃をかぶることになるのだった。認知症になる前からの話だ。

ふだん使われていた食器も、母だけでなく父までが衰えてしまってからは糸底の周りに汚れが蓄積していくようになり、俎板は黒ずみ、鍋は脂ぎって、でもそれはもうどうしようもないことだし言っても傷つけてしまうだけなので、実家を訪ねるたび、一日目はとにかく家じゅうの大掃除、と覚悟するしかなかった。そうして何から何までぴかぴかに磨いて帰っても、ひと月たてばまた元の木阿弥《もくあみ》なのだった。

今はもう、そこまでの大掃除は必要ない。さいごは独り暮らしだった父が逝った後は、いつ訪れて何を棚から出しても、前回しまった時のまま清潔で、すぐに使える。それが、寂しい。

同じくきれいなままの俎板や包丁やフライパンで、義姉が野菜を刻んだり炒めたりしてくれている途中、私は何度か居間を横切り、掃き出し窓から外の庭を窺《うかが》った。見るたび、猫はまだポーチの灯《あか》りが届くところで玄関ドアを睨《にら》みながら座り込みを続けていた。こちらの気配を察知するとさっと目を上げ、なんでぇー？　と鳴く。窓越しだから声は聞こえないけれど、口を開くのだけが見えてよけいに切ない。

「そないして何べんも覗くから期待させてしまうのや。しばらくほっとけ。そのうちあきらめて帰りよる」

背の君の言うのはもっともだ。それでも覗きたくなってしまうのはつまり、私のほうがあの子に帰ってほしくないからだ。

でも、彼女のお腹には子どもがいる。タイル張りのアプローチなんかに座り込んでいて冷えたら、妊婦の身体にいいはずがない。

心を鬼にして、というのはこの場合当たらないだろう。自分自身の未練を引き剝がし断ち切る思いで、私は掃き出し窓のカーテンを閉めた。

なつかしい重み

一昨年の父の時には、柩に納めてからもそばを通るたびに何やかやと話しかけたり、小窓から顔を覗いたりしたものだが、母に対してはそれができなかった。

わだかまりのせいではない。もう少し正確に言うと、わだかまりがないとは言わないけれどもそのせいで話しかけなかったわけではない。ただ、生きて動いていた晩年の母よりも、柩に納まった母のほうがはるかに重たい存在感があって、そう気安くは声をかけられないのだった。

昔、母はよく険しい顔で頬杖《ほおづえ》をつき、一点を見つめて黙りこくっていた。父が、仕事とそれ以外の理由で帰ってこなかった頃のことだ。私が話しかけようとすると、

〈頭痛いねん、そっとしといてんか〉

かぶせるように言われた。狭い家の中に立ちこめていた重苦しい空気を憶《おぼ》えている。

晩年の母は私を見忘れていたし、一人では立ちあがることもできない年老いたおばあさんであったので、こう言っては何だが、恐るるにたらなかった。顔や手に刻まれた深い皺が、彼女の歩んできた道のりの長さとともに残された蠟燭《ろうそく》の短さをも示していて、それを見ても悲しめない自分を何だかなあと思いながらも、溜め息をつく余裕があった。

昨夜まではまだそうだったのだ。東京での仕事を終えて高速バスで帰り着き、死顔を見たあの瞬間に「怖くないや」と思えたのは、先週、生きている母の手を眺めていた時の自分と今が地続きだったからだ。

けれどこうして、黙りこくったまんまの母と同じ部屋で過ごす時間が長くなればなるだけ、落ちつかなさはじわじわと増しつつあった。〈年老いたおばあさん〉が目の前からいなくなり、それより前の記憶が次々に蘇《よみがえ》るぶんだけ、死んでからのほうがおっかないのだった。

〈頭痛いねん、そっとしといてんか〉

思えば、あの頃の母は、今の私といくつも変わらなかった。

午後七時、夕食を終えて洗いものを済ませる頃には、さすがに猫の姿も消えていた。

「やっと帰りよったか」

と、背の君が言う。

「うん。おらん」

「ええねん、それで。可愛がってもろとんねから、あったかいとこで寝たらええ」

「うん」

Yさんのお宅で可愛がられていることは、それはもう疑いようもなかった。

にんげんはいいやつ！

そう信じきっていなければ、私たちにまであんなに人なつこく甘えるわけがない。

逆に心配になってくる。猫たるもの、とくに外の世界を自由に歩きまわる猫たるもの、もっと警戒心を持っていてしかるべきじゃないのか。初対面の相手に抱っこされるたびにあの調子でへろんへろんに甘えていたら、そのうち危ない目にあわないとも限らない。いくらのどかな田舎といったって、たまにはよその人も通るだろうし、そのすべてが猫好きの善人ばかりではなかろう。大丈夫なのか、いったい。

もやもや考えながら、歯を磨こうと洗面所へ向かった時、ふと思い出した。そうだった、漂白したふきんをまだ外に干したままだった。

何歩か引き返し、寝室に入って、ベランダへ続く掃き出し窓のカーテンを開け、サッシに手をかける。何も考えずにするすると開けたとたん、

やっとか～い。

足もとに座っていた猫が鳴いた。

信じがたいものを見た時に、人が「ええーっ」と叫ぶのは、どうやら本能みたいなものらしい。

「えええええーーーっ」私は叫んだ。「あんた、なに？　うっそ、ええ？　ここで何してんの」

立ちあがった猫が喜色満面といったふうに甘えて鳴き、ふみふみと足踏みをする。

「まさか、さっきからずっとここにおったん？　いっぺんも帰らんかったん？」

さぁ～ねぇ～。

「あほやなあ、もう。何時間おったんな」

しゃがんで抱き上げると、白い毛並みはひんやりと冷たかった。危ぶまれたほどには気温は下がっていないようだけれど、それでも、いつ出て来るとも来ないともわからぬ相手を待つには寒かろう。

「何してんのん、あかんやん」

仰向けに抱っこしたまま、部屋に入る。奥にまで連れて行くわけにはいかないので、サッシを半分閉めた状態でその場にすわりこみ、着ていたフリースでくるむようにして猫をあっためてやる。

もこもこのフリースに包まれ、私の胸に顔を埋めて、猫はごろごろと大きく喉を鳴らした。子猫がおっぱいを求めて母猫のお腹を揉みしだくみたいに、前肢で交互に私のお腹を押しながら、額を痛いくらいに強くこすりつけてくる。

ああ、なんてなつかしい。

私は目を閉じた。

一年と少し前に終わってしまったもみじとの日々——元気な彼女と過ごす最後のひとときとなったあの晩の抱擁も、ちょうどこんなふうだった。腕枕をして、布団でくるんでやると、彼女は満足そうに喉を鳴らしながら私の胸におでこをこすりつけてきたのだ。

「なんや、おらん思たらここか」

はっとなって顔を上げると、寝室の入口に背の君が立っていた。

「なんでサッシ開いて……」

言いかけたところで、私が猫を抱いているのに気づき、驚いた顔になる。

「ずっとおったみたい」

「ベランダにか」

彼はそばへ来ると、苦笑しながら猫を撫でた。ごろごろと満足げに目を細めるのを見て、何やこいつ、たまらんのう、と呆れたように呟《つぶや》く。

「こんな子がうちの子になってくれたらええのにな」

思わず言うと、背の君が頷いた。

「ほんまやの」

びっくりした。何しろ彼は、これまで私が里親サイトなどを覗いているのを見ると、気持ちはわからんでもないけど俺にはまだ無理、と目をそらしたりしていたのだ。

「ほんまにもう……しゃあないやっちゃな」

今のは猫と私のどちらに言ったのだろう。

「あと、また出しとけよ」

「うん」

背の君が寝室を出てゆくのを見送り、私は、猫を撫でながら壁に頭をもたせかけた。だめだ。あんまり幸せすぎる。こんなことをしていたら、ほんとに別れが辛くてたまらなくなる。今晩この子を抱いて寝るわけにはいかないんだから。そもそも心配しなくたって帰る家のない子じゃないいんだから。

「……はい。もうおしまい」

猫よりも自分に向かって言い聞かせ、再びベランダへ出す。

「もう、おうち帰んなさい」

えー。なんでぇー。

「どうしても来たかったら、明日また遊びにおいで。な、そないし?」

むぅー。

まだちょっと不服そうに鳴きながらも、猫はやがて、まるで聞き分けたかのようにベランダから庭へと下り、暗がりへと溶けていった。

干してあったふきんをようやく取り込み、サッシを閉めて、白い毛のいっぱいついた胸とお腹を見おろす。なぜだか泣きそうになるのをこらえて洗面所へ行き、歯を磨きだした時だ。

玄関のインターフォンが鳴った。応対に出た兄が私を呼ぶ声がするので、慌てて口をゆすいで居間へ戻る。

入ってきたのは、数珠《じゅず》を手にしたYさん宅の奥さんだった。

お願い

「このたびは、なんと申し上げていいか……」

奥さんは声を詰まらせた。

「ついさっき帰宅して義母から聞いて、もうびっくりしてしまって。ご迷惑でなかったら、ひと目、お別れだけでもさせて頂けたらと思って伺ったんですが」

介護の仕事をされていて、今日は夜までのシフトだったという。

「明日、ご出棺のお見送りもしたかったんですけれど、また朝から勤めなので……勝手を言ってすみません」

私たち家族は慌てて、とんでもない、と恐縮した。わざわざ来て下さるとは、なんてありがたいことだろう。介護施設での仕事がどれほど大変か、それこそこの母がつい一昨日までお世話になっていたのだからよくわかっている。こうして昼夜を捧《ささ》げて働いて下さる方たちのおかげで、入所者の家族がどれだけ救われているかということも。

「どうぞ、会ってやって下さい」

兄が言い、背の君がさっと動いて枕元のスタンド花を横へ移動させる。

柩の小窓から母の死顔を覗いた奥さんは、ああ……と呻《うめ》くなり、ぽろぽろ涙しながら手を合わせて下さった。私はその横で、母のために泣いて下さるひとが身内以外にもいるのだということにほっとしていた。

「ご両親にはほんとうにお世話になったんですよ」

お茶を淹れ、私がダイニングテーブルの真向かいに腰を下ろすと、奥さんはようやく少し微笑んで言った。

「こちらへ引っ越してみえてから、もう二十年以上もたつんですねえ」

ほんとに早いですね、と私は言った。両親も、越してきた土地のことがわからない中で、Yさん宅をとても頼りにしていたのだ。

「あの頃、うちの子たちはまだ小学生でした。お父さまにはよく遊んで頂いて、算数のドリルを見て頂いたり、彫刻刀の使い方も教えて頂きましたし、お母さまからは日記や作文の書き方を教わったり……」

日記や作文——ということは、私にとっては兄弟弟子にあたるわけだ。

「図画工作もお習字も、学校から持ち帰ったものをいちいち見せに行きたがるんです。見せると、お母さまが、うまい、すごい、ここがいい、あそこが素晴らしいって、ものすごく大げさに褒めて下さるから、家に帰ってくる頃にはそりゃあもう鼻高々で……。お正月の書き初めともなると、プロが使うみたいな凄《すご》い筆を惜しげもなく貸して下さって、つきっきりで教えて頂けたものですから、毎年必ず金賞をとって貼り出されてました。お母さまのおかげで、うちの子たちは苦手なものがなくなって、それどころか得意なものや楽しみなことがいっぱい増えたんですよ」

何よりありがたかったです、と言って、奥さんはハンカチの角で目頭を押さえた。

私は、頷きながらそれを聞いていた。相変わらず涙は出ないけれど、自分でも意外なほど素直で温かな気持ちだった。

これまでは、誰かが母のことを褒めるのを聞くたび、

（はいはい、あのひとはほんと外面がいいから）

（そう思えるのはたまの付き合いだからですよ、あれが親だとなかなかにきついんですよ）

（あのひとが何かいいことをするのは、相手のためじゃなくて自分が目立って感謝されたいからですよ）

そんなふうなシニカルな感想が、口には出さなくても必ず心に浮かんだものだった。かといって、うっかり人に話せばたいてい否定されてしまう。

〈思い込みなんじゃないの？〉

〈どこの母親と娘の間にも、多かれ少なかれ色々あるものだよ〉

〈あんなに多才でオーラがあって素敵なひとなのに、何が不満なの？　取り替えられるものならうちの母親と取り替えたいくらいだよ〉

どれも実際に言われたことのある言葉だ。他人の見る目のなさ理解のなさに、何度も絶望した。無駄に才気溢《あふ》れる激情&劇場型の母、精神年齢的にはついぞ成熟し得なかったあの母のもとで、私が子どもの頃から味わってきた痛みはどうせ誰にもわかってもらえないのだと思った。

でも――そうじゃなかった。誰にもわかってもらえないわけじゃなかった。

母と自分をモチーフに書いた小説は、一部の人からはボロクソに言われたし、そもそも書いている私自身がとんでもなくしんどかったけれど、いっぽうで、会ったこともない読者から、まるで我がことのようだ、母を愛せないのは自分だけじゃないと思ったら初めて救われた、という感想をたくさんもらった。私のほうこそ、自分だけじゃないんだと思えた。

それに、今は隣に背の君がいる。これまでのパートナーや恋人には、母に関する悩みや屈折をどのように話しても今ひとつ通じなかったものだが、従弟であり幼なじみであり、あのキミコさんのことを伯母としてよく知る彼だけは、私がいじいじと抱えてきた過去の痛みを否定したり、今さら言っても仕方のない愚痴をたしなめたりせずに、そのまんま聞いて、そのまんま理解してくれる。

「わかるわ。そらしんどかったやろ」

というたったそれだけの言葉に、この四年ばかり、どれだけ慰められてきたかわからない。

だからこそ、今はこう思えるのかもしれない。

あの母にだって、なるほど確かに美点はあり、残した功績もあったには違いないわけで、そんな彼女に対する他人からの賞賛を認めたとしても、私の中の何かがこれから新たに損なわれることはないのだ、と。何しろ母はもう、この世にいないのだから。生身の母を愛そうとしてどうしても愛せない自分を、これからはもう気に病まなくてよくなったのだから。

Yさんの奥さんは、湯呑みを両手で包み込むようにしながら、ひとしきり父と母の思い出話をして下さった。

まだ少し元気だった頃の父が歩く時の姿勢の良さを憶えていて、「地元の郵便局や役場でも、かっこよくて上品なおじいさん、って評判だったんですよ」などと言ってもらうと、疲れた心の隅っこがぽっと温もる心地がした。

兄夫婦と会話が交わされている間に、私はちらりと背の君を見やった。彼が、黙って私を見つめ返してくる。お前がいま考えとることは全部お見通しやぞ、とでも言いたげな顔だ。

と、奥さんが腰を浮かせた。

「それじゃ、そろそろ」

私は慌てて引き留めた。

「あの、すみません、ちょっとだけいいですか」

「はい？　あ、ええ」

奥さんが座り直す。

「母とは全然関係のない話ですみません。あのう、お宅に、シャム猫みたいな毛色の可愛い猫ちゃんがいますでしょう。目の青い」

「あら。こちらにもお邪魔しちゃってますか?」

すまなそうに言う。

「ご迷惑をおかけしてたらごめんなさい。うち、私はあんまり猫が得意じゃないんですけど娘が好きでして、外猫の面倒を見てたら何匹も集まってきちゃって」

「いえいえ、そんなことないんです。遊びには来てくれましたけど迷惑なんかじゃなくて、むしろ逆で……あの子が、何というかもう、あんまり可愛くてですね」

背の君が、おいおいおいと言いたげな呆れ顔で黙っている横で、兄夫婦は、何の話が始まったのかときょとんとしている。当の奥さんもだ。

ふつうに考えたなら、母の横たわる柩がすぐそこにある状態で、しかもお悔やみに来て下さった相手に持ちかけるような話じゃない。でも、奥さんには時間の不規則なお勤めがある。今夜を逃したら落ちついて話せる機会はないかもしれない。

ええいとばかりに、私は思いきって言った。

「もしかして——あの猫ちゃんを里子に出すなんてことは、考えてみて頂けないでしょうか」

「おいー」

と、まずツッコんだのは兄だった。本気にしていないらしい。

私は、兄のほうも背の君のほうも見ないようにして、奥さんだけを見つめた。

「ものすごく可愛がられてる子なんだなっていうことは、見ていればよくわかります。なので、決して無理にとはお願いしません。ただ——個人的なことですけど、ちょうど去年の今ごろ、十八年ほども一緒にいたもみじという猫を亡くしましてですね。それからは、どんなに可愛らしい猫を見ても、ああやっぱりもみじは特別だったんだと思うばっかりで、この先もうあんなふうに愛せる猫は現れないんだろうってあきらめかけていたんです」

奥さんは、黙って私を見ている。

「でも今日、あの子が、ほとんど初対面の私にどうしてだかものすごく甘えてくれて……お宅からここまで鳴きながらついて来るし、ついさっきもずーっとベランダで待っててくれて、抱っこさせてくれて、そんな姿を見ていたら何だかもう胸がいっぱいになっちゃって」

言いながら自分でも、なんて勝手な理屈だろうと思った。

もし誰かが我が家の猫たちをひょいと見て、たとえば「銀次くんて可愛いですね、里子に出す気はないですか」などといきなり言い出したら、間違いなくこう答えるだろう。てめえ、ふざけんな。

「おい。あんまり無茶言うたらあかん」

と、とうとう背の君が口をはさんだ。

そう、まったくそのとおりだ。

「ごめんなさい、こんなお願いをしてしまって」

心の底から言って、私は頭を下げた。

「ほんとに、ダメで当たり前のことですし、その時はもちろんあきらめますから」

「こら」

と背の君。

「ご迷惑だとは思いますが、ちょっとだけ考えてみて頂けたら嬉しいです」

ええかげんにせえよ、ほんまにお前はー、と彼がぶつぶつ言う。

奥さんが、なおも私をじっと見る。やがて、言った。

「わかりました。いいですよ」

まずは〈ふざけんな〉と言わないで下さったことにほっとして、私は再び頭を下げた。

「すみません、ありがとうございます。明日の葬儀が終わったところでまたご挨拶に伺いますので、その時にお考えを聞かせて頂けたら……」

「いいえ、そうじゃなくてあの子」

「え」

「お連れ下さっていいですよ」

えええええっ、という驚きの声さえ出なかった。口がぱっくり開いて、閉じることもできない。

お腹の底から太い束になって衝《つ》きあげてくる歓喜を、いやいやいやいや、となけなしの理性が抑え込む。

「あの、あの、お返事は今じゃなくていいんです。お嬢さんやご家族の皆さんにも相談なさってからにして下さい。やっぱりダメってことでも、それはそれでかまいませんから。あの猫ちゃんの幸せがいちばんですから」

そうですか、と奥さんは落ちついた声で言った。じゃあ、そうしてみますね、と。

きっと困らせてしまっている。玄関先まで見送りに出たものの、もう何も言えなくて、私はもう何度目か、深々と頭を下げた。

部屋に戻ると、兄と背の君がそれぞれの表情で私を見た。

兄のほうは〈まったく何を言いだすやら〉の呆れ顔で、背の君のほうは〈ほんまに言いよった〉の呆れ顔だ。

「もしも明日、いいって言われたら、ほんとに連れて帰るつもり？」

と兄貴。

「うん」

「だけどそんな、衝動的にさあ」

私は黙っていた。

衝動的じゃない、とはとうてい言えない。むしろ、どうしてここまで強い衝動に駆られるのか、わかるなら誰か教えてほしい。

ただもう、離れたくないのだ。あの子と一緒にいたい。焦がしたミルクチョコレートに青いスミレの花を添えたみたいなあの子の顔が、心に焼き付いて消えてくれない。でも、兄が不思議に思うのも無理はないのだった。Yさんのお宅からここまでついてくる間のあの子の様子も、ベランダで待っていた彼女が私を見て鳴いた時の表情も、じかに見てはいないのだから。

いや、たとえ万人が見ていたとしたって、お前の勝手な思い入れだと言われたら反論はできない。たまたま寂しくてたまらなかったところへ、たまたまあの子が常軌を逸するほど人なつこくて、たまたま通りかかった相手にも過剰に甘えてきたというだけのことと、それを運命的な出会いじゃないかなんて思うのはただの思い込みであり感傷に過ぎない。そう、きっとそうなんだろう。

その晩、私と背の君は、スタンド花とともに最も大きな正面のアレンジメントをそろりそろりと脇へ寄せ、昨夜より少し窮屈な感じで布団を敷いた。

肌寒い夜だったけれど、室温をあまり高くするといろいろな不都合が起こる。

「ドライアイス抱いて寝たはるキミコさんかて寒いんやから」

などと言い合って、しっかり布団をかぶる。

背の君は、あれきり猫の話に触れない。たしなめようともしないかわりに、期待も口にしない。こちらの願いを尊重しようとしてくれているのか、それとも彼自身も判断に迷っているのか、確かめるのが何となく怖いから私も黙っている。

いずれにせよ、Yさんがいいと言ってくれるかどうかまだわからないじゃないか。いま何をどれだけ考えたところでどうしようもない。

もしも、もしも本当に連れて帰っていいと言って下さったとしても、あのとおり外を自由に歩き回っている猫だから、さあ帰ろうという時にすぐ近くにいるかどうかわからない。もし見つからなかったらどうしよう。後の予定や差し迫った〆切を考えると、どうしても明日じゅうに軽井沢まで帰らなくてはいけないのだが、そうなったら、日を改めてまた迎えに来ることになるんだろうか。その頃にはきっともう、何匹かはわからないけれど子猫が生まれてしまっているだろう。授乳中の母猫を子猫から引き離して連れ去るなんてあり得ないし、となると完全に乳離れするまで待つしかない。でもその間に、万一あの子の身に何かあったりしたら——。

いやいやいや、だからそもそもYさんがいいと言ってくれるかどうかまだわからない

じゃないか。いま何をどれだけ考えたところでどうしようも……。（↑エンドレス）

輾転《てんてん》反側している私に、

「おう、早《は》よ寝ぇよ」

暗がりから、背の君の低い声が言った。

「明日は、長い一日やぞ」

神さま

朝から、雨が降ったりやんだりのお天気だった。

両親の寝室は、更衣室と化していた。女たちがかわるがわる喪服に着替え、やれサイズがまたきつくなったの、黒のストッキングが破れたの、真珠のネックレスを忘れたのと大騒ぎ。入れかわりに、それぞれの夫たちが黙々と着替えを済ませる。

親類縁者のほとんどは関西在住なので、房総半島の南端近くまで駆けつけられるのはどうしても関東近郊に住んでいる人に限られる。兄の次女も一家揃ってアメリカに赴任中なので来られなかったけれど、〈おばあちゃん逝く〉の報を聞いた時は電話口で泣いていたそうだ。思い出がたくさんあるのは、幸せだけれど辛いことであり、そしてやっぱり幸せなことでもある。

集まったのは結局、兄夫婦と私と背の君の他に、兄の長女夫婦と幼い息子、義姉の妹夫婦、母にとっては息子のようでもあった兄の古くからの親友。それに、パキスタン人のアハマド・ファミリーだった。一家の長であるムニールさんと奥さんのモーミン、その息子のファンや娘のファリハとは、私が最初の結婚をするまで五年ほど暮らしていた千葉県南行徳《みなみぎょうとく》の家からのお付き合いで、モーミンなどはうちの両親のことを「ニホンのオトゥサン、オカァサン」と呼んで慕ってくれていた。一昨年、父が亡くなった時にも駆けつけ、家族以外でいちばん泣いてくれたのもモーミンだった。

十畳ほどのリビングに、総勢十四人がぎゅぎゅっと立って、司祭さまの司式のもと、詩篇《しへん》や祈りの言葉を唱和し、オルガニストの奥さまの伴奏に合わせて聖歌を歌う。兄の長女と私も一曲ずつ伴奏をした。

ほぼ半世紀前、私がミッション系の小学校に入学した際、学校から保護者に向けて、「毎週日曜日の礼拝にはぜひ御両親も」との話があったらしい。もちろん強制ではなかったので、礼拝堂の後方の席に誰かのお母さんが座るのはどちらかといえばめずらしいことだった。

母はそれを、一週も欠かさず、六年間続けた。学校じゅうに母の顔を知らない生徒は一人もいなかったし、〈面白くて気さくな大阪弁のおばさん〉はみんなの人気者だった。二年目に、家族五人のうち、母と次兄と私の三人が洗礼を受けることとなった。洗礼名は、母が〈アンナ〉、次兄が〈ステパノ〉、私が〈マーガレット〉。長兄は強く反発し、父はといえば教会に行くことに反対こそしないものの、自身はずっと静かに抵抗し続けていた。

その父が、聖書とともに山ほどの関連書籍を読み込んだ末にとうとう〈クリストファー〉となったのは、それから十年もたってからのことだ。

家出同然に満洲《まんしゅう》へ渡り、兵隊にとられ、四年間のシベリア抑留を生き延びて帰ってきた父が、たまたま娘の通う小学校の教育方針をきっかけに「神はいるのか」「神とは何か」を自分に問うて、問うて、問うて――最終的にどのように納得したものか、私はとうとう訊く機を逸してしまった。ただ、親しい主教さまから頂いた自分の洗礼名を気に入っていたのは知っている。

「クリスト・ファー。まだまだキリストから遠い者、いうこっちゃ」

冗談めかして、そう独りごちていたのを覚えている。

私自身はといえば、小学校から大学まで通算十六年間をミッション系の学校で過ごし、それ以外にも日曜日には教会へ通い、聖歌隊に所属し、高校一年からは学校でも教会でもオルガニストを務めていた。

けれど今、「お前はクリスチャンか」と問われたなら、正直、頷けない。安易にそう答えるのは、兄の一家をはじめ、真摯に教会へ通っている人たちに対して失礼だとも思う。

田舎暮らしの中で、お米や野菜を自給自足していた影響もあるのかどうか……いつの頃からか、キリスト教の唯一絶対神より、むしろ日本古来の「八百万《やおよろず》の神」的な感覚のほうがしっくりと心に馴染《なじ》むようになった。唯《ただ》ひとりの神さまに感謝しつつ自らを律してゆく生き方は今の私には少し遠くて、それよりは、この世の万物とゆるやかにつながり、ぜんぶ同じだね、みんなありがたいね、といった〈いい加減〉さで生きていくほうがどうやら性に合っているようなのだ。

とはいえ、私の背骨に「人間がいちばん偉いんじゃない、思い上がるな」という生き方の基本を叩き込んでくれたのはやはり、子どもの頃から受けてきた宗教的な教育だったのだろうと思う。

空想癖のあるふわふわとした娘を、あの学校へほうり込んでくれた両親には感謝している。六年間、日曜礼拝に欠かさず通ってくれた母にも。

礼拝堂から列になって教室へと帰る時、いちばん後ろの席にしゃんと背すじをのばした母が座っているのを見るのは、子どもの私にとって、嬉しく誇らしいことだった。

最後の聖歌は、母の好きな一曲だった。もしここにいたら、よく響くソプラノでいやというほど朗々と歌い上げて得意げにしていることだろう。思い浮かべてつい苦笑しながら、サッシ越しに庭を見やる。

危うく、あっ、と声が出そうになった。

すでに待機している白い霊柩車の向こう、何も植わっていない畑の真ん中を、あの猫がすたすたと横切っていく。途中でぴたっと立ち止まり、首を上げたり下げたりしながら植木越しにこちらをしばらくうかがって、またすたすたとどこかへ去っていく。

（あんたのおうちはそっちじゃないでしょう！）

口がすっかり覚えている聖歌を上の空で歌いながら、私まで首を伸ばして外を見やる。Yさんのご家族が、ほんとうにあの子を里子に出すと言って下さるかどうかはわからないけれど、迎えに行ったら当人不在ではお話にならない。やきもきする。

（頼むから、おうちでじっとしていてよ）

やがて式がすべて終わり、開け放たれたサッシから柩が運び出されて霊柩車の後ろに納められ、布をかぶせてきっちりと固定された。一昨年の父の時と同じく、兄が助手席に乗り、私は柩のすぐ隣の席に乗り込む。

前と同じ火葬場、前と同じ段取り。だからというのではなく、最後のお別れの時にも涙はこぼれない。

母の顔は綺麗だった。横顔が「花王《かおう》」の三日月マークに似ていると言われるほど顎《あご》がしゃくれていて、そのことは私と背の君の間でだけ通じるブラックジョークにもなっているのだけれど、入れ歯を嵌《は》めてもらっただけでなく、頬や口もとにも綿を詰めてもらったおかげで、今は顎の尖《とが》りがあまり目立たない。

精進落としのお弁当を頂きながら待つこと一時間あまり、お骨《こつ》あげに呼ばれた。二人ひと組が向かい合って、それぞれ手にした箸で一つの骨を一緒に拾う。血縁の近いほうから、ということで、これまた父の時と同じく、私と兄がまず拾う。その次が、背の君と、兄の長女の組み合わせだ。

「またお前かっ」

と背の君が言い、

「しょうがないでしょおっ」

と彼女が答える。

「よっしゃ、でっかいヤツを拾おうぜ」

二人でつまみあげた骨を見て、係の人が横からおごそかに説明を加えた。

「そちら、顎のお骨でございますね。しっかりしてらっしゃいます」

背の君と私が顔を見合わせ、思わずぷーっと噴きだすのを見て、義姉が苦笑気味に言った。

「由佳ちゃんてば、なんだか今回は余裕じゃない？」

「うーん、まあ、そうね。お父ちゃんの時ほどは、してあげられなかったことへの後悔がないからかな」

たぶん、そういうことなのだ。母に対して、私にできることはしてきた。自分の中の屈折や偽善をもてあましつつ、それでも、するべきことはなるべくしてきた。そういう実感が、今のこの平らかな心境に結びついているのだろう。

外へ出ると、小雨はまだ降っていた。ここまで付き合ってくれたムニールさんたち一家と別れ、しっかりと重たい母の骨壺《こつつぼ》を兄が抱えて家へ戻る。

見れば、例の私道沿い、すぐ隣の敷地にある小さな用具置き場のさしかけの下で、二匹の猫が雨宿りをしていた。まだらの大きな猫と、もう一匹はあの猫だ。

よしよし、そこにいなさいね、と強く念じて家に入り、司祭さまに、故人のための最後のお祈りをして頂く。

お茶など飲みながら一時間くらいたったろうか、司祭さまご夫妻を見送ろうと、みんなして私道の入口の駐車場まで出てゆく時には、雨はほぼ上がり、二匹の姿は消えていた。

思わずきょろきょろと目で探しながら、

（神さま……！）

こんな時ばかり、強く心に祈る。あまりにも広々とした田舎の環境が恨めしくなる。

と、

「あ、ほら見てごらん」姪っ子が息子に言った。「あそこに猫ちゃんがいるよ」

「うそ、どこ!?」

叫んでふり向いた私の目に、Yさん宅の塀の陰からこちらを睨んでいる猫の姿が映った。

距離にして三十メートルくらい。猫にしてみれば、いつもの空き地に見慣れない車が何台も停まり、そのそばに同じような黒い服を着た人間がガヤガヤと十人も集まり、おまけに中には小さな子どもも一人交じっているわけで、そりゃ警戒して睨みたくなるのも無理はない。

せめて安心させてやりたくて、私は声を出さずに、ニカッと笑いかけてみた。とたんに猫はYさん宅の塀から離れ、こちらをめがけて小走りに近寄ってきた。が、十五メートルくらいのところでやはり不安げに腰を落とし、座り込む。

そばへ行って撫でてやりたいのだが、お世話になった司祭さまご夫妻に向かって今まさに兄夫婦が深々と頭を下げているというのに、私一人が猫のほうへすっ飛んでいくわけにもいかない。これでも一応、いい大人なのだから。

細いけれども強く鋭い猫の視線を背中に感じながら、司祭さまにご挨拶をし、その車を見送る。テールランプが角を曲がって見えなくなったとたんに、ふり返った。

まっすぐにこちらを見つめる青い瞳。

姪っ子や息子が近づこうとすると逃げ腰になるのだが、私だけがそばへ行くと自分から走り寄ってきて、黒いストッキングに身体をすりつける。

「うわあ、人なつっこいねえ」

昨日までのいきさつを知らない姪っ子が、びっくりしたように言う。

「猫好きの人のことはわかるのかな」

「さあ、どうだろう」

言いながら私は、小さな猫を撫でまわした。よしよし、あとでね、待っててね。祈りをこめてこんこんと言い聞かせ、みんなと家へ戻って、まずはそれぞれ普段着に着替えた。

うちの子に

柩がなくなった居間は、いっぺんにがらんと広くなった。母に供えてあったスタンド花のほとんどは花首だけをちぎって柩にありったけ詰めたから、残っているのは少しだけだ。あとで花束にして、Yさんのお宅へ持っていくつもりだった。

隅っこへ寄せてあったソファをこれまでの定位置に戻し、兄がコーヒーを淹れ、甘いものやスナック菓子をお供に、皆ようやくほっと息をつく。自宅でのごく内輪の家族葬であっても、そして父の時に比べれば余裕であっても、やはり気持ちは張りつめていたらしい。

「由佳んとこも今日軽井沢まで帰んの？　大丈夫？」

兄の親友が心配してくれる。

「うん、そのつもり。今夜じゅうには帰っておかないと明後日が〆切なんだわ」

「運転はクニヲさんでしょ」と、義姉の妹が言う。「今のうちにちょっとでも奥の部屋で寝ておいたら？」

「おう、せやな。しんどかったら、後でそないさしてもらうわ、おおきに」

背の君（今さらですが名を邦士《クニヲ》といいます）の言葉にかぶせるように、

「あ、ニャンニャン」

姪っ子の息子がサッシの外を指さした。

見ると、庭先に案の定、あの猫が来て座っている。

こんなふうに目が合うのは、これでもう何度目だろう。一度として餌をやったわけでもないのに、いったいなぜ、何が目的でこうも熱心に通ってくるんだろう。

葬儀が終わった今、もう誰に遠慮することもない。私は外へ出ていき、さっそく盛大に甘えてくる猫を抱き上げて庭石に腰を下ろした。

雨上がり、薄陽《うすび》は射《さ》してきたけれど草も土もまだ濡れているから、焦げ茶色をした猫の足やお腹はびしょびしょだ。

「んもう、何してんのんな。冷やしたらあかんでしょうが、あんた妊婦さんやのに」

ふむー、と猫が鳴く。

泥が服につくのもかまわず抱きかかえ、あっためてやった。そのまんま、兄の親友が帰っていくのを見送り、そのまんま、義姉の妹夫婦が帰っていくのを見送る。

時折、姪っ子かその息子がサッシをさらさらと開けて覗き、猫まだいるの？　とか、寒くない？　などと気遣ってくれた。兄も顔を覗かせ、猫が私にお腹を撫でさせ、すっかりくつろいでいるのを見て苦笑する。

「確かに、それだけ懐けば可愛いのもわかるけどなあ。さすがに、連れて帰るのは、クニヲがうんとは言わんだろ」

そう、まさにそこだった。

昨日の晩、ベランダで待っていたこの子を抱っこした私が、〈こんな子がうちの子になってくれたらええのにな〉と言った時、背の君の返事は〈ほんまやの〉だった。でもそれはあくまで、よその可愛い猫を見て夢のような願望を口にした私への軽いあいづちに過ぎなかったと思うし、私だってまさか自分が、その半時間後に奥さんに向かってあんなことを切り出すとは想像もしていなかったのだ。

「クニヲは？」

と訊くと、兄は言った。

「今シャワー浴びて、ついでに風呂洗ってくれてる」

午後四時。そろそろ日も傾いてきた。意を決して、猫を膝から下ろす。

ええー、と文句たらたらの彼女に言った。

「すぐ後から行くから、おうちで待っといて」

えー、ほんとにぃー？

「ほんとにすぐ行くから」

ふうーん。

まだ少し疑わしげな猫を残して家に入ると、兄夫婦や姪っ子の一家はそれぞれに、台所や自分らの使った場所を片付けながら荷物の整理をしていた。そして背の君はちょうど風呂場の掃除を終え、タオルを首にかけ、Tシャツとトランクス姿でダイニングの椅子に腰を下ろしたところだった。

冷たいお茶を飲んで、ぷはー、と息をつく背の君の前に、私も座る。

「お疲れさん。おおきにな」

「おう」

煙草に火をつけた彼に、私は思いきって言った。

「あのな。これから、Yさんとこへお花持って行くねんな」

「まだやったんかいな。早《は》よ行ってこいよ」

「行くけどもやな。それで、あの……あの猫のことやねんけど」

背の君の顔をじっと見る。

彼のほうは、微妙に目をそらして別のところを見やっている。

「いざ挨拶に行ってみて、Yさんがもしももしも、ええて言うてくれはったら……ほんまにあの猫、軽井沢へ連れて帰ってもええかなあ」

すると彼は、こちらにかからないように顔を背けて、ふうう、と煙を吐いた。

「俺に訊くなよ」

「あんた以外の誰に訊いたらええのよ」

「お前がどうしてもそないしたい言うねやったら、したらええがな。お前の猫やねんし」

お互い、頭の中には同じことを思い浮かべていたと思う。じつのところ、もみじが逝ってしまって以来、彼がこのセリフを口にするのは二度目なのだ。

年が明けた頃だったろうか。私は、たまに覗く里親サイトで、もみじに目もとのよく似た三毛猫を見つけた。七歳になるまでご夫婦で可愛がってきたのだけれども、どうしても揃って海外へ赴任しなくてはならず、連れてはいけない。心から可愛がってくれる人がもしいるなら、どうかこの子を幸せに……といったような事情だった。

飼い主と離ればなれになってしまう猫が不憫《ふびん》でならず、他に誰も引き取り手が見つからないのなら、我が家へ来たらいいんじゃないかと思った。飼い主と別れなくてはならないその猫と、もみじと別れなくてはならなかった私とで、案外うまくやっていけるんじゃないか、と。

しかし背の君はその時、なかなか賛成してはくれなかった。お前の気持ちはようわかる、けど、もみじに似てるから惹《ひ》かれるだけなんとちゃうか。もみじの代わりはおれへんぞ。ほんまにようよう考えろよ。――そんなふうにくり返した後で言ったのが、今と同じ言葉だった。

〈どうしてもそないしたい言うねやったら、したらええがな。お前の猫やねんし〉

私は、迷いに迷いながらも、飼い主に問い合わせメールを送ってみた。

でも結局、その三毛猫がうちの子になることはなかった。ご夫婦でさんざん相談した末に、海外へは旦那さんが単身で赴任することになり、猫と一緒の留守番を選んだ奥さんから丁寧なお礼とお断りのメールが届いたのだ。

残念と思うよりも、安堵《あんど》のほうがはるかにまさっていた。猫にとっては、いや飼い主にとっても、それがいちばん幸せにきまっている。

しかし今回は、はたしてどうなのだろう。あの子がいくら私を慕ってくれるにせよ、今いる環境の中でだって充分幸せそうなのだし……。

相変わらず目を合わせようとしない背の君に向かって、私は続けた。

「あのな。『お前の猫や』て言わんといてほしいねん」

膝に両手をのせ、自分の物言いが懇願になってしまわないように努めながら続ける。

「もみじは、さいごの三年間ほど、うちら二人で大事にだいじにしてきた猫やったやんか。可愛《かい》らしなあ、ほんまに可愛らしなあ、なんでこないに可愛らしいねやろなあ言うて、毎日撫でくりまわして、寝る時もずっと一緒に寝て……。できることなら、今度のあの子にも、そんなふうにしたりたいねん。私一人がどんだけあの子を欲しい思たかて、賛成してもらわれへんねやったらやっぱり嫌や。二人で、思う存分、可愛がりたいねんもん」

背の君は煙草をふかしながら、部屋の隅、父が使っていたパソコンデスクのあたりを見やって黙っていた。

やがて、口をひらいた。

「わかったから。とにかくまあ、花持って、訊いといでぇや。日ぃ暮れてまうぞ」

「……うん！」

ぱあっと霧が晴れたような心持ちで、私は張りきって立ちあがった。

「うん、ちゃうわまったくー」

ぼやきながら、背の君が吸い殻をもみ消す。

用意してあった白い花束をかかえ、兄夫婦と姪っ子夫婦に「ちょっと行ってくるね」とだけ言い残して外へ出た。

いつもの私道が果てしなく長く、Yさんの家までが遠く思える。胸の裡《うち》で、どうか、どうか、とくり返し祈りながらあたりを見回すのだけれど、あの猫の姿は見えない。

門を入り、思いきって呼び鈴を押すと、ドアが開き、奥さんとお姑さんが二人して出てきて下さった。早番のお仕事が終わって帰ってみえていたらしい。

花束を渡すと、奥さんは泣き笑いのような表情で受け取って下さった。

(――さて。何と切りだすべきか)

思うより早く、奥さんが言った。

「あのう、猫のことなんですけどね」

「はい」

心臓をばくばくさせながら見つめる私に、奥さんは言った。

「相談してみました。もし、まだお気持ちが変わってなければ、どうぞお連れ下さい」

「ほ……ほんとですか」

声がかすれて裏返る。

「ほんとにいいんですか？　ほんとうに？」

隣に立っているお姑さんが、うん、うん、と微笑んで頷く。

いきなりどっと涙が溢れてきて、私はうろたえた。母が死んでも一滴の涙もこぼれなかったというのに、猫一匹もらえる、あの子がうちの子になる、これからも一緒にいられる、そう思っただけでこんなに泣けてくるなんて。

「ありがとうございます、ありがとうございます、きっと可愛がりますから」

泣きじゃくりながら目と鼻の下を拭っている私に、

「今日、連れて行かれますか？」

と奥さんが言う。

「はい。できれば」

「じゃあ、ケージか何かあったら持ってきて頂くといいんじゃないかしら。いま奥で、うちの主人がどこへも行かないように見てますから」

よかった、ちゃんと家にいるのだ。〈すぐ後から行くから、おうちで待っといて〉と言ったのを聞き分けてくれたんだろうか。

「わかりました、今すぐ持ってきます」

急いで踵《きびす》を返そうとした時だ。

開いている玄関から、白っぽい毛のかたまりが、ぽぉーんと飛び出してきた。お姑さんと奥さんの足もとをかすめ、私のそばも通り過ぎてしまいそうになってから、慌てて急停止して引き返してくる。

猫はこちらを見上げ、おっそーい、おっそーい、というふうに鳴いた。両手をのばすと自分からしがみつき、よじのぼってきて、硬いおでこをぐいぐい私の顎に押しつける。

「あらあら、まあまあ」

驚き呆れ、笑いながら顔を見合わせた奥さんとお姑さんが、かわるがわる手をのばして猫の頭を撫でた。

「たくさん可愛がってもらいなさいよ」

と、奥さん。

「この子、性格はいいんだけど、顔がちょっとこわいのよねえ」

と、お姑さん。

たしかに、目の上が一直線だからかこちらを睨んでいるように見えなくもない。

でも、そんなことはちっともかまわなかった。こちらから探していた間はやはりどこかにもみじの面影を求め、顔の白い子がいいとか、三毛ならもっと嬉しいとか思っていたのに、いざこうして出会ってしまったら、そんなことは本当にどうだっていいのだった。

「名前は何て？」

と訊いてみると、奥さんが言った。

「うちでは〈大福《だいふく》〉って呼んでましたけど……何か可愛い名前、考えてやって下さい」

――大福。白い体がお餅《もち》で、茶色い顔がアンコということか。思わず笑ってしまう。それも可愛い。

「ありがとうございます。きっと一生、大切に可愛がります」

心の底から約束をした私は、何やらずいぶんと上機嫌な猫を抱きかかえ、来た道を歩いて戻った。

一般的に猫というのは、どこかへ連れて行かれるのが苦手な生きものだ。リードつきで外を散歩したり、飼い主に抱っこされて外出したりといったことが、犬に比べてはるかに少ないのはそのためだろう。

それなのに、Yさん宅から百メートルくらい離れた家まで歩いて帰る間、その小さな猫は私に仰向けに抱っこされたまま、ずっとごろごろと喉を鳴らして甘えていた。両手の爪で私の着ているフリースの胸のあたりにきゅっとしがみついているのだけれど、両肢はだらんとリラックスしてまったく力が入っていない。

「不思議な子やねえ、あんたはほんまに」

揺らさないようにゆっくり歩きながら、私は、腕の中の猫に話しかけた。

「ケージもなーんも要らんのん」

ふぬ。

と、猫が返事みたいに短く鼻を鳴らす。

「なんでなん？　はじめっから、うちらと一緒に来る気やったん？」

ふぬ。

「いったいどこが良かったんな」

今度は返事がない。深く透きとおったブルーの目がこちらを見つめ、ゆっくりと一つまばたきする。

妊娠中のお腹はころんころんに張っているのに、こうして抱いていると、びっくりするくらい小さくて、軽い。そういえば二十年ほど前、〈こばん〉の娘の〈真珠〉も最初の発情でいきなりもみじたち四姉妹を身ごもり、自分の誕生日を過ぎてまもなく産み落とした。もしそんなふうだったとしたら、この子もまだ一歳になっていないのかもしれない。

夕陽の名残の山吹色にふんわりと染まった空気がみずみずしい。さっきYさん宅に向かって歩いていた間はあんなにあたりを見回したのに、帰り道はただひたすら、この子の目しか見ていなかった。

家の前までたどりつき、梅の木の下をくぐって庭に立つ。サッシを開け放った網戸越し、居間にはすでに明かりが点《とも》り、さっきと同じ椅子に座っている背の君の姿がくっきり見える。

雑誌か何かを読んでいた彼は、ふと目をあげて庭先に佇《たたず》む私に気づくなり、のけぞって驚いた。

「うわっ。もう連れてきよった！」

ふふん、と笑った私を、腕の中の猫が不思議そうに見上げてくる。

「あんなにびっくりせんでもええやん、なあ？」

ついさっき自分が感激のあまりボロ泣きしたことも棚に上げて、私は共犯者の気分で彼女にささやきかけた。

「さ。一緒におうち入ろか」


外ではおとなしく抱かれていた猫も、初めて入る家の中、それもよく知らない人間（大人六人と四歳児一人）がひしめく中に連れられてきて、さすがに緊張したらしい。最初の十五分ほどは、居間のソファの後ろへ隠れたり、台所のレンジ棚の下に入り込んだりしていた。

何か食べさせれば落ちつくかも、と戸棚を物色したところ、猫用のまぐろ缶を発見した。ちょうど二年前まで亡き父とここで暮らしていた青磁のものだ。賞味期限は少々過ぎていたけれど問題なさそうだったので、小鉢に入れて台所の床に置いてやると、猫は物陰からすっとんで出てきて、んまいぃ、んまいぃ、と歓喜の声を漏らしながら食べ始めた。

しゃがんでそれを見守る私の背後から、姪っ子の息子が、たたたっと走って覗きにくる。とっさに逃げ腰になった猫をなだめながらふり向き、

「にゃんこがびっくりしちゃうから、そうっと動いてあげて。そうっとだよ」

そう教えると、彼は、こちらが笑ってしまうくらいの抜き足差し足で隣へやってきて、何も言わずにゆっくりしゃがんだ。

青い目でちらりとそれを見上げた猫が、安心したようにまた続きを食べ始める。私は、その背中に手を置いて言った。

「うんとやさしーく触ってあげてごらん」

おそるおそる手をのばし、私の小指のすぐ隣あたりを自分の指先でそっと撫でた彼は、そうしても猫が逃げないのをさとると、私の顔を見て嬉しそうに笑った。

命名

父がいなくなり、近くの施設でお世話になっていた母もいなくなった今、この家を訪れる機会はどうしてもこれまでより間遠になる。時々は庭草を刈ったり、窓を開けて風を通しに来なければならないけれど、兄夫婦や姪っ子夫婦は横浜方面、私たちは信州に

住んでいて、皆それぞれ仕事もあるとなると、せいぜい二、三ヵ月に一度になってしまうだろうか。

とりあえず冷蔵庫の整理をかねて、皆で適当な夕食を済ませた。

まぐろ缶でひと足先にお腹いっぱいになった猫はすっかり落ちつき、もう誰が立とうが歩こうが知らん顔だった。急いで食べ終えた私が床に脚を投げ出して座ると、すぐさま隣でごろんと寝転がり、太腿《ふともも》にもたれかかってまた喉を鳴らし始める。

「まさか本当に連れて帰ってくるとは思わなかったよ」

と兄が苦笑する。

いや、私もだ。そうなったらどんなにいいかと祈るような気持ちでいたけれど、Yさんのご家族が承知して下さるかどうかについては最後の最後まで半信半疑だった。

昨夜、弔問にいらした時、奥さんは〈私はあんまり猫が……〉と言ってらしたし、お姑さんもさっき、〈子猫が産まれたらまた外猫が増えてしまうところだったからかえってありがたいくらいですよ〉なんて言って下さったけれど、そう言いながら、ご家族でこの子を可愛がっておいでなのは間違いなかった。

「えっらい迷惑な話やでな」

と、隣に座った背の君が言う。

「向こうの立場からしたら、母親を亡くした直後の相手から、『猫譲っとくなはれ』て言われてんで？　おまけに、『去年の今ごろ最愛の猫を見送りましてんわ』とまで言われてんで？　ふつうの神経があったら、ちょっと断られへんやろぉ。ひどいやっちゃな、お前は」

言いながらもその手は、私が膝にのせた猫をずいぶん愛おしげに撫でくりまわしている。猫のほうもご満悦で、ぱっかーんと両肢をひらいて仰向けになり、お腹を撫でさせている。

Yさんのご家族には、ほんとうに感謝してもしきれないし、無理をお願いして申し訳なかったとも思う。でも、昨夜のあの時と違って私にはもうとうてい、〈ダメで当たり前のことですし、その時はもちろんあきらめますから〉なんて言えなくなってしまっていた。猫のほうもそうなのかどうか、片時も私のそばを離れようとしない。

まだ実感が湧かないままその身体を撫でながら、名前をどうしよう、と思った。

Yさん宅で呼ばれていた〈大福〉も特徴をとらえているしユーモラスで可愛らしいのだけれど、できればやっぱり自分たちで考えてやりたい。お互いに、名前をつけ、その名を受け取る、という手順を経て初めて、結びつけられるものがある気がするのだ。

顔と耳、手足と尻尾はチョコレート色。肩の窪《くぼ》みのところがうっすらココア色、それ以外の毛は優しいミルク色で、どこを触ってもふわふわのつるんつるんだ。

「触ってみ、この子の毛」と、私は言った。「ほら、背中もお腹も、もみじ並みにしっとり。ここまで毛の質の柔らかい子、なかなかおれへんで」

ほんまやなあ、と同意した背の君が、ふと言った。

「〈絹糸《きぬいと》〉は？」

「え？」

「名前」

「ああ、ええやんそれ」

と私。

「ほんまかいや。芸妓《げいこ》か花魁《おいらん》みたいやけど」

「うん、時代劇に出てきそう。ふだんは〈お絹〉ちゃん」

「おう、可愛《かい》らしやんか。どや、お絹。お〜き〜ぬ」

半分うたた寝をしていた猫は、呼ばれて薄目を開けると、いかにも眠そうにまばたきをしてよこした。

兄たち家族に見送られ、お絹を連れて千倉の実家を出発した時には、夜も九時半をまわっていた。

物置小屋と化している離れを探してもペット用のケージは見つからなかったので、半透明の持ち手つきピクニックバスケットのようなものにペットシーツとタオルを敷き、ふたが開かないようガムテープで留めてある。

もみじがいなくなってしまった寂しさに、ここ一年近くは車で遠出するたび、彼女によく似た三毛猫のぬいぐるみを同乗させていた。物言いたげな文句たらたらの目つきと、鼻の横のお醤油《しょうゆ》ジミがそっくりで、助手席の私がその子を膝にのせていても、背の君はイタイともサムイとも言わずに黙って好きにさせてくれていた。

しかし、今は仕方がない。ぬいぐるみに「ごめんよう」と謝りつつ後部座席に座ってもらい、私はお絹を入れたバスケットを抱きかかえる。

ところが、あれだけおとなしかった彼女が、走り始めてまもなく大声で鳴き始めた。出たがって頭でぐいぐいとふたを押し上げたり、側面の格子部分にばりばり爪を立てたりしながら、ひっきりなしに、あおう、あおう、あおう、とわめく。

無理もないか、と我慢していたけれど、高速道路に乗る手前でとうとう背の君が叱った。

「やかましのう！　こっから何時間もずっとそれかい」

大声ではなかったのに、鳴き声は一旦ぴたりとやみ、そこから先はちょっと遠慮がちになった。

ただし、ふたを押し上げる力は相変わらずだ。不安で必死なのが伝わってくる。

料金所のＥＴＣレーンを通過するまで待って、私は言った。

「飛び出さんようにちゃんと押さえてるから、ふただけちょっと開けたってもかまへん？」

背の君は、ちらりと横目でバスケットを見た。

「絶対こっちへは来さすなよ。みな死ぬぞ」

「わかった」

ガムテープをはがし、ふたをまず細く開けて手を差し入れる。中のお絹が、すがりつくみたいに私の手に冷たい鼻面をこすりつけてくる。用心しながらふたを開けると、彼女はぴょこんと立ちあがり、けれど私が抱きかかえるようにするとすぐに腰を落として座り、暗い窓の外へ目をこらした。もう、鳴かなかった。

いつもならもっとこまめに休憩を取るところを、安全運転ながらもできるだけ先を急いで、いよいよ停まったのは埼玉県のはずれの上里《かみさと》サービスエリアだった。今まで走ってきた関越《かんえつ》自動車道から上信越《じょうしんえつ》自動車道へと分岐してゆくすぐ手前に位置している。ここまで来れば、あと一時間半ほどで我が家だ。

深夜一時をまわり、フードコートは営業しているけれどスターバックスはとっくに閉まっている。かわるがわるトイレを済ませ、自販機で飲みものを買ってきた私たちは、ようやくシートを倒して腰を伸ばした。

どちらの口からも、長々とため息が漏れる。ハンドルを握っていた背の君はもちろんだけれど、私のほうもいつもよりかなり消耗していた。

「ちょっとだけ寝さしてもらうわ」と、背の君が言う。「お絹のやつ、しばらく自由にさしたりぃさ」

後部座席の足もとには、猫砂を入れた箱が置いてある。

「おしっこしたなったら、そこでしてええねんよ。な」

言い聞かせて、私たちは目を閉じた。背の君は仰向けに、私は横向きに。

と、ほどなく車内をひととおり点検し終えたお絹が、後ろから運転席と助手席の間に飛び移ってきたかと思うと、ギアハンドルの根もとを踏み、ハンドブレーキを踏んで、背の君のお腹の上によじのぼった。そこで、ちんまりとうずくまって香箱を作る。

「……信じられへん。なんや、お前」

すでにめろめろの声が呟く。

「何をそんなに懐いとんねんな。ったく、どこまで行っても可愛《かい》らしのぉ、ええ？」

さっそく喉を鳴らし始めたお絹を抱きかかえたまま、背の君が三十分ばかり仮眠を取る。

外灯にうっすら照らされた暗がりで、私は、泣きたいような幸せな思いを胸の中に転がしながらふたりを眺めていた。

もみじのおかげ

家に帰り着いた頃には午前三時を大きくまわっていた。

休憩をとった上里のサービスエリアから後、ここまで、お絹はバスケットには戻らず、後部座席で爆睡していた。例の、もみじそっくりのぬいぐるみのすぐ隣に丸くなった彼女は、道がどんなにカーブしようが、隣の車線を大きなトラックが追い越していこうが、めったに目をさまさなかった。

長旅を終えた車を、背の君が家の前までバックで入れる。荷物を降ろすのなんか明るくなってからでいい。とにもかくにもお絹を抱いて寝室へ連れていき、そうっと床に下ろしてやると、ドアの外ではいつもと違う気配を感じ取った他の猫たちが早速そわそわと中の気配をうかがい始めた。

銀次を筆頭に、サスケ、楓、青磁。

留守の間のことはいつもお世話になるキャットシッターさんにお願いしてあったので何も心配は要らなかったけれど、それでもやっぱり寂しかったろう。かわるがわる抱き上げて、ひとしきり、それぞれの労をねぎらう。

「おう、銀。みんなの監督、ごくろはんやったなあ」

背の君が言うと、うんるるっ、と鳴いて銀次が彼の膝に乗る。図体《ずうたい》はでかいが、声はいちばん可愛らしい。

「あいつらがやんちゃせんように、ちゃんと見といてくれたんか？」

「『うん、オレ見てた！』」と、横からアフレコする私。「『ちゃんと見ててねって言われたから、オレ、ずっと見てた！』」

「見てただけかい～」

他の三匹はともかくとして、銀次は誰に対しても穏やかな猫だから、新入りともすぐに馴染んでくれるだろう。それに関しては何の心配もない。

でも、すぐに一緒にするわけにはいかなかった。まずはお絹を病院へ連れていって検査してもらい、猫特有の病気に感染していないことがはっきりわかるまで、他の子たちとは接触を避けなくてはならない。彼女の後肢のかかとには、よその猫に咬《か》まれたような傷が小さなかさぶたになっていて、そんなことまでが心配でならなかった。母親が何かの病気に感染していたら、お腹にいる子猫たちまで危ないのだ。

一方、当のお絹はといえば、寝室をぐるっと歩いてまわり、急いで用意してやったトイレの砂も含めて適当に匂いを嗅ぐと、あとはくつろいだ様子で毛繕いを始めた。

これまで半ば外猫だったところを、おそらく生まれて初めて車に乗せられ、こんなに遠くまで連れてこられて、見ず知らずの部屋にポイと放されたのだ。もうちょっとくらいはこう、緊張するとか警戒するとかはないものだろうかと思うのに、あたりの様子など気にも留めず、私と背の君がそれぞれ歯を磨いて寝間着に着替えている足もとにまとわりついては、すこぶる上機嫌で喉を鳴らしてばかりいる。

呑気というのとも、度胸が据わっているというのともちょっと違って、ただここにいるのが当たり前みたいに馴染んでいるのが不思議だった。

「ソファでもどこでも、好きなとこで寝たらええんやで。ションベンやらババやら、したなったらそこの砂でしぃ」

私たちはベッドに横になり、数時間ぶりにたっぷりと手脚を伸ばした。ふううう、と背の君が長い溜め息をつく。

運転していない私まで、控えめに言って、くたくただった。一昨日はラジオ収録と打ち合わせのあと高速バスで千倉へ向かい、母の死顔と対面し、昨日は家じゅうの片付けをし、そして今日は自宅葬と火葬を済ませて、その足で軽井沢まで帰ってきたのだ。いや、日付が変わっているから葬儀はもう昨日か。

それだけじゃない。じつは、ようやくインターを下りて碓氷峠《うすいとうげ》を越えようとしたとたん、あわや大惨事という思いを味わったのだった。

以前、父が亡くなった後で青磁を乗せて峠越えをした時、それまで静かだった彼が鳴きだしたことがあった。きっと急な気圧の変化で耳がきぃんとなったのだろう。後部座席で寝ているお絹がそうなっては可哀想だと、背の君はものすごくゆっくりゆっくり、登坂車線を走っていた。

おかげで助かったのだ。下りの急カーブを曲がったすぐ目の前に、大きな鹿が三頭たむろしていた。間一髪でハンドルを切り、反対車線に飛び出すかたちでよけたけれど、いつものスピードであれば確実に轢《ひ》いて、フロントガラスは大破していたはずだ。

急ブレーキをかけて止まり、鹿たちが崖を駆け上がっていくのを見送ったあとで、私たちは後部座席をふり返った。大丈夫かお絹、怖かったなあお絹、と声をかける私たちに、奇跡的に転げも落ちもしなかった猫は、寝ぼけ顔で、はぁ？　と応えた。

そして彼女はいま、ベッドに上がってきて、これまた当然のように私たちの真ん中に寝そべっている。

「おおきになあ、お絹。あんたが守ってくれてんなあ」

撫でながら私がそう言うと、背の君は首を振った。

「いや。もみじのおかげやろ」

「あ……。そっか、そうやわ」

「そうやで。きっと、あれもこれもぜぇんぶそうやで」

二人して、足もとのチェストに飾ってあるもみじの写真を眺めやる。

どの写真の中からも、何やら得意げなもみじが「へへん」とこちらを見つめ返してくるのだった。

もみじのしわざ

一週間ほどしかたっていないなんて信じられなかった。

まだ名前も何も知らなかった頃のこの子が、初めて千倉のあの家を訪れたのが、先週の四月四日。私が風邪っぴきで仕事をしていた日の午後だ。布団や洗濯ものを干してある、光あふれるベランダのサッシのところから部屋の中を覗いて、私たちと軽く挨拶を交わしたあの日は、父の三回忌にあたる命日のすぐ翌日でもあった。

施設にいる母にまた来るからと言い置いて一旦帰る途中、兄の家へ寄って婚姻届に証人のサインをしてもらい、そのすぐ翌日に母の容態の変化を報せる電話があり、兄夫婦が駆けつけ、九日の未明に母が亡くなり……。

そのことを伝えに出向いたYさん宅の前で、まだ〈大福〉だったお絹と再会して抱き上げたのは、四月十一日。偶然と言うにもささやか過ぎることだけれど、もみじを亡くしてから初めて彼女の夢を——「いつでもまた帰っておいで」とベランダへ続くサッシを開けてやり、眩《まぶ》しい光の中へ送り出す夢を見たのが、前年の四月十日だった。

一年が、たったのだ。

うんと正直なことを言えば、母との別れよりもお絹との出会いのほうが私にとっては大事件だったが、それでも、葬儀がなければお絹との再会もなかっただろう。次に訪れる時には子猫もとうに生まれていたろうし、母猫となった彼女は（かつてもみじたちを産んだ真珠がそうだったように）子別れをして、どこかへ姿を消してしまっていたかもしれない。

何より、たまたま千倉の実家に滞在していた私たちのもとへ、お絹自身があそこまで必死になって何度も通い、アピールしてくれなければ、私だって里子なんて話を切りだす気持ちにはならなかった。そんなふうにつらつらと考えれば考えるほど、あらゆる物事が、ここしかないというタイミングで起こっているように思えた。

ぜんぶ後付けなのも、こじつけなのもわかっている。それでもやっぱり不思議な偶然には違いなくて——その不思議を、何の不思議もなく納得しようと思うと、私と背の君の間では結局のところ、〈もみじのしわざ〉に行き着くのだった。

ベッドサイドの明かりを消そうとしてふと思い直し、白い毛布の上でふにゃふにゃに寛《くつろ》いでいるお絹の写真を撮る。

ツイッターを立ち上げ、その画像を添えて呟いた。

幸せ過ぎて泣けてくる。

説明はまたあらためて。

ひとまず、おやすみなさい。


常夜灯のぼんやりとした光の中、お絹が立ちあがり、にゅうっと背中を弓なりにして伸びをすると、三つ並んだうちの真ん中の枕に乗って、これまた当たり前のようにそこで丸くなった。まるで、持ち場を引き継ぎましたとでもいうように。

目をつぶる頃には、窓の外はすでにうっすらと明るくなり始めていた。疲れきってはいたけれど、彼女のお腹を決してつぶすまいと眠りの中でも気をつけて、起きたのが朝の九時過ぎ。

びっくりした。腕の中にお絹がいたのだ。

私の左側に寝そべり、小さな頭を腕にのせて、彼女は健やかな寝息をたてていた。まるまるとふくらんだお腹をそうっと撫でてやると、四肢を気持ちよさそうにぐーんと伸ばし、腕の内側におでこを押しつけてくる。

押し当てられた鼻の冷たさ。

私の腕をしっかりと抱きかかえる力の加減。

むこう向きの、後頭部から肩にかけてのまぁるいライン。

「何なん、この子……」

思わず、呻くような声が出た。

隣で寝ていた背の君が目をさまし、うん？　と体を起こして覗き込んでくる。

「どした？」

「見たってよ、これ。なんで？　なんでこんなにそっくりなん？」

誰に、と、もちろん彼は訊かなかった。私の肩越しに手をのばし、お絹の頭や、ぴんとはねたヒゲや、なめらかな毛並みを撫でる。

それから、引き返す手で、ついでのように私の髪をくしゃりと撫でて言った。

「――よかったな」

この時点ですでに妊婦さんだった。
奥の、白壁の家が実家。
別れが連れてきた出会い。

鹿の群れに急ブレーキをかけたのに、
後部座席できょとん。
肚がすわってる。

3 偶然という名の

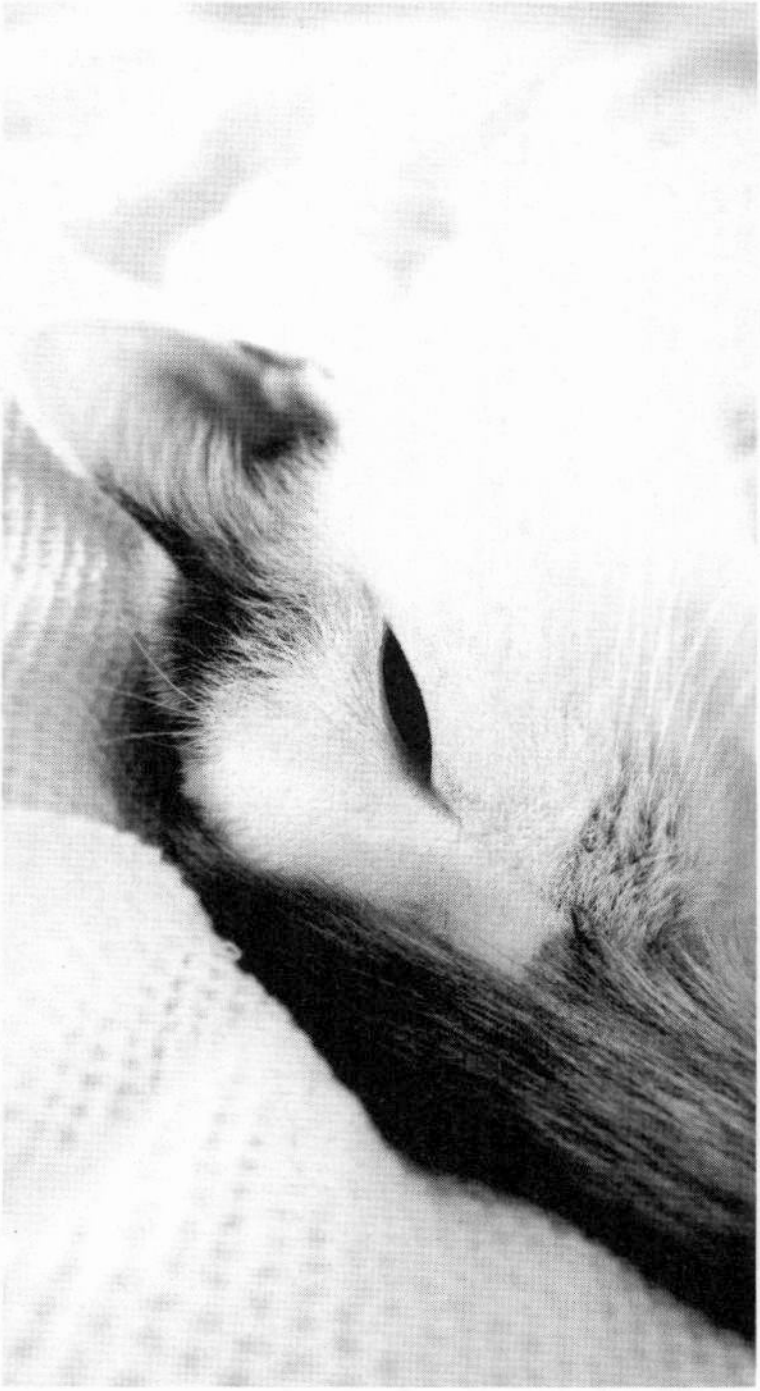

説明のつかないこと

起きあがるなり、いつもの動物病院に電話をした。

何か感染症でも……というのももちろんだけれど、それ以上に心配なのはお絹がまだ一度もおしっこをしていないことだった。

昨日の夕方、Yさん宅から抱っこして実家へ連れ帰ったのが夕方五時頃。そのあと車に乗せ、南房総からの長距離をひた走って軽井沢に着いたのが明け方、そして一眠りして今朝。部屋の隅には砂のトイレを用意してあるし、何度か中に下ろして教えているのに、おしっこもうんちもまったくしない。水は飲むのに、粗相した様子さえない。このままでは腎臓に負担がかかってしまう。

おなじみ院長先生が電話口まで来て下さったので事情を話すと、午後にはすぐ診て下さることになった。

「ごめんな、お絹。車はイヤやろうけど、今度はちょっとだけやから我慢してな」

バスケットはもう可哀想なので、もみじにしていたように大きめの洗濯ネットに入れ、助手席の私が抱く。

昨夜は後部座席で爆睡していたくせに、外が明るいと不安が増すのか、お絹は盛大に文句を言い始めた。

あーう、あーーうう、ああーーーううう。

「よしよし、だいじょぶ、だいじょぶ」

抱きかかえてなだめる。運転している背の君も今度は叱らない。

「もうちょっとや、我慢しぃ。すぐ着くからな」

そうしてはからずも、二人の声が揃った。

「もみじも最……」

そう――もみじも最初のうちは、こんなふうに大声で文句を言い続けたものだった。

病院通いが毎週のことととなる頃には落ちついたけれど。

と、突然、お絹が洗濯ネットを突き破らんばかりに激しくもがき、ひときわ大声で鳴いた。

ああああああおおおおううう……。

その瞬間、私の太腿に、じわあっと熱い液体がひろがってゆくのがわかった。

「あ、しよった、おしっこ！」

「ほんまか！」

その証拠に、つうんと濃い異臭が鼻をつく。大量に出たぶん、スカート越しにタイツも下着もぐっしょりだが、

「ああ良かったあ、出た出た、ほんま良かった」

ふぬぅ、と小さい鼻声で鳴き、情けない上目遣いでこちらを見ているお絹を、よしよし、えらいえらい、と撫でてやる。もう少しも暴れない。さっきからの騒ぎは、このままではもらしてしまう、というぎりぎりの抵抗だったのか。

「我慢せんでよかったのに、あほやなぁもう。苦しかったやろに」

考えてみれば、これまでは外で用を足すのが当たり前だったのだろう。車や家の中では落ち着かなくて当たり前、というか、よほど強く禁忌のブレーキが働いたものらしい。

信号待ちの間、背の君も横から手をのばしてきて、お絹を撫でさすった。

「何ちゅうやっちゃねん、けなげやのう。たまらんわ」

そうしていざ診察となると、お絹はびっくりするほどおとなしかった。エコー検査のために仰向けにされようが、お腹にジェルを塗られようが、まったく暴れもせずに黙って院長先生とミホちゃん先生に身を委ねている。

妊娠中の体に負担がかかるといけないので、詳しい血液検査などはお産が終わってからになったけれど、とりあえずお腹の子は、エコーで診た限りではおそらく三匹いるのではないかということだった。

お絹自身、やはりまだ一歳にはなっていないらしい。猫は最初の一年で、人間で言えば十八歳になる。ということは、十五、六歳で妊娠したようなものだ。ヤンママもいいところだ。体もほんとうに小さくて、体重は、お腹に赤ん坊と羊水が入っている状態でなお二キロ台後半。はたして、自然分娩《ぶんべん》ですんなり生まれてきてくれるだろうか。

お腹のジェルをきれいに拭いてもらった後、待合室に戻ると、お絹は長椅子からひょいと窓辺に飛び乗り、可愛らしい小鳥やハリネズミの置物を踏まないように上手によけてちんまり座り、外の緑を眺めた。

奇《く》しくも、もみじが生前いちばん気に入っていたコーナーだった。

私たちより後には、もう患畜さんはいなかった。お絹がおもらしをした私のスカートはすでに乾きかけ、つんとくる臭いもいくらかましになっていた。

残るはレントゲン、というところでひと息ついた院長先生は、

「ツイッター、読みましたよ」

目をきらきらさせて言った。

「こんなに不思議なめぐり合わせってあるんですねえ。きっともみじちゃんが何かしてくれたんじゃないかしら」

「やっぱりそう思います？　私たちも、なんだかそんな気がしてしょうがなくて」

隣でミホちゃん先生もスタッフの皆さんも、笑ってうんうんと頷いてくれる。

こんなことを書くと、過剰にスピリチュアルな発言と誤解されてしまうかもしれないし、そういうのにはついていけないと思う人だっているかもしれない。でも、いわゆる〈そういうの〉とはちょっと違うんです、と言いたい。私はただ、できるだけ傲慢にならないだけなのだ。

相手が動物であれ人間であれ、医療の現場で日々いのちと向き合っている先生たちが必ずおっしゃることがある。生死を分けるようなぎりぎりの瞬間には、往々にして、何か途轍《とてつ》もなく不思議な力が働く場合がある、と。

私自身がここ数年でそれを実感したのは、まず、父が亡くなった時だった。三ヵ月以上も実家に帰っていなかったのに、たまたまその日の朝、東京から足を延ばしてサプライズで里帰りしてみたらトイレで倒れていた。検死の結果、私と背の君が訪ねるほんの二時間ほど前に息を引き取ったことがわかった。きっと呼ばれたんだよ、と皆が言った。

もみじを見送った時もそうだ。容態が安定して、院長先生とミホちゃん先生が一旦その場を離れ、私ともみじと背の君の三にんだけになった隙に、両方に見守られ、ふーっと最期の息を吐いて逝ってしまった。家族のように親しい友人母子《おやこ》ですら一足違いで間に合わなかった。ほんとうに三にんきりの、ほんのわずかな間の出来事だった。

そうして今回のお絹だ。彼女が私の足もとにまとわりついて離れなくなったのは、私が去年初めてもみじを光の中に送り出す夢を見たあの日付の、ちょうど翌日……。

全部、〈たまたま〉には違いないんだろう。でも私はそれらの偶然を、ばかばかしい、くだらない、と切り捨てたくはない。たとえ偶然にせよ不思議な符合もあるものだなあ、と、そのままじんわり嚙《か》みしめていたい。

この宇宙の何もかもすべてが理屈で割り切れるわけではなくて、最先端の科学をもってしてもいまだ説明のつかない物事はたくさんある。〈この世はこの世のものだけでできているわけではないのかもしれない〉という基本的な態度は、人を、とりあえず必要最低限にせよ謙虚にしてくれる気がするのだけれど、どうだろう。

ともあれ――。

院長先生の見立てでは、まだ最低二週間は生まれそうにないとのことだったので、私たちはお絹を連れ帰り、その夜はようやくほっとして眠った。

指折り数えてみれば、母がいよいよ危なくなって以来、ほぼ一週間ぶりの深い眠りだった。

頭の中がお花畑、とはこういう感じを言うのだろうか。お絹が来てからというもの、私の心境はものの見事に変わった。

あまりの変わりように自分で自分に呆れ、それと同時に、この一年あまりどれほど暴力的に寂しかったか改めて身にしみた。よくもまあ耐えたものだと思った。目の前に、こちらをまっすぐ見つめ、ひたむきに私を求めてくれる存在がある。文字通り絹糸のようになめらかな毛並み、耳の先をそっとつまむだけで感じられる温かな血潮。愛おしいと思える小さな生きものがすぐそばにいて、手をのばせばちゃんと触れられるという、それだけのことに体が震えた。

「ああもう、かーわいいなあ、あんたは」

抱きあげながらそう口にするたび、鼻の奥が水っぽくなり、性懲りもなく涙がこぼれる。でも、辛い涙ではない。思い出とともに懐かしさが突きあげてきて、悲《かな》しさが愛しさへと深まってゆくがゆえの涙だ。

もみじがこの世を去って一年と二十二日目。

早かったとも、遅かったとも思わない。お絹はただ、来るべくして我が家に来た、という気がしたし、彼女をどれだけ可愛がっても、もみじに後ろめたい気持ちにはならなかった。

ベッドの足もとにはもみじの骨壺と写真と生花が飾ってあって、毎朝必ず小さなグラスに汲《く》んだ白湯《さゆ》を供えるのだけれど、日中もその〈祭壇〉の前を通るたび、声に出して話しかけるのは変わらない。ただ、内容はかなり変わったと思う。

この一年間はどうしても、

〈もみちゃん、早《は》よ帰っといでよ。待ってんねんで〉

〈お着替えの服、まだ決まらんの？〉

〈早よせんと、とーちゃんもかーちゃんも年取ってまうで〉

といった繰り言が多かったのだけれど、お絹が来てからは、

「もみちゃん、あんたはほんまに、たいした子やってんなぁ」

「おおきにやで。お絹に会わせてくれて」

そんなふうな言葉へと自然に変化していったのだ。

お絹が初めて私の足もとに体をすりつけながら家までついてきた時のことを思い出す。撫でようと手を差し伸べると、彼女は後肢で立ちあがり、トン、とてのひらに頭突きをした。

思わず声が出た。もみじそっくりのしぐさだったからだ。そういうふうにする猫はよそにももちろんいるけれど、我が家には、もみじ以外にいなかった。

私も背の君も、今では時々、お絹の耳もとに口をつけてこう訊いてしまう。

「なぁなぁ、いま中に、もみちゃん居てたやろ」

〈後悔〉と〈愛惜〉

「もし時間を巻き戻せるとしたら、人生のどの時点に戻りたいと思いますか?」

よくあるそんな問いに対して、「いや、別に戻りたくないです」と即答できていたのはいつの頃までだったろうか。

誤解のないように言っておくと、現在の暮らしには充分すぎるくらい満足している。日々の幸せや仕事の充実や、自分が自分らしくいられる連れ合いとの関係性を考えれば、今がいちばんであることに間違いはない。

でも、というかむしろ、だからこそかもしれない。時折ふっと、ひどく欲ばりな想像が脳裏をよぎるのだ。パートナーと猫たちと人間関係と仕事、それらを全部なくさずに抱えたまんま、あの鴨川の農場時代に戻れたら、などと。

なんと身勝手な、と、自分でも思う。三千坪の荒れ地を開拓して作った畑と庭と放牧地、大げさでなく釘一本に至るまでこだわり抜いて建てた家、大好きだった動物たちとの土の匂いのする暮らし……それらのすべてを置いて飛び出してきたのは他ならぬこの私だというのに。

東京に戻ってからは貪るように恋をして、それを肥やしに小説という花を育てた。作品を認めてもらえると自信につながって、創作に対してますます貪欲になり、大胆にもなっていった。肥やしの製造を絶やすことはなかった。

ふり返って考えても、もしもあのまま鴨川で農場生活を送っていたなら、小説家としての今の私はなかったと思う。変わらずに以前のような作品だけを書き続けていた、というのではなくて、とっくに何も書けなくなって消えていただろう。

その意味において、出奔したことそのものはまったく後悔していない。なのに——本来言えた義理ではないのに、今も涙が出るほど懐かしいのだ。

朝まだき、静寂の中に響き渡る雄鶏《おんどり》の鬨《とき》の声。勝手口を開けると流れ込んでくる澄みきった空気。山の斜面を這《は》うようにのぼってゆく白い靄《もや》。

気配を察した馬たちがブルルル、と鼻を鳴らしながら馬房から現れ、それを合図に犬も猫もぞろぞろと集まってきて空腹を訴える。見上げれば空の色は柔らかく、ケヤキやイチョウ、メタセコイアやアメリカフウといった大樹がステンドグラスのように陽に透けている。

春先には蛙《かえる》の大合唱がわき起こり、夏になるとぴんと伸びた稲の上を蛍が乱舞し、秋には黄金色の田んぼ全体が呼吸するように揺れて、冬は足もとの霜がしゃくしゃくと音を立てる。水仙の甘い香りにふと目をあげれば、再び春だ。土手のあちこちに顔を覗かせるフキノトウを集めるうち、額に汗が滲《にじ》む。

──実際にこの歳《とし》になった今これから、背の君や猫たちとあそこへ戻りたいというのではないし、戻れるわけもない。

ただ、夢想してみる。これまで生きてきた中で、最も愛した景色と、最も心満たされている今の暮らしとを、空想の中でそっと結び合わせてみる。

背の君が何だかんだ文句をつけつつも機嫌良く畑を耕すそばで、私は果樹や庭木の剪《せん》定《てい》をしたり、雌鶏《めんどり》の産んだ卵を集めたりする。その足もとを、銀次やお絹やそのほかの猫たちがうろちょろする。中にはなぜかちゃっかりともみじまでがいて、勝手知ったる農場の裏山へとみんなを案内してくれる──。

考えられる限りの幸福の要素をぜんぶ寄せ集めたその光景は、あり得ないことだからこそ、どこまでもせつなく光り輝いてみえる。

現実問題として、あの暮らしはやはり出版業界全体がもう少し元気だった当時だから可能であったに違いないし、今みたいな仕事のペース（でっかい借金も残っているのでひたすら書かなければ食っていけない）を保ちながら、手間のかかる広い農場を維持するのはどうしたって無理だ。

それより何より、悔しいけれど私自身に、あの頃ほどの体力がもうない。年齢を重ねるというのは、自らの力で手に負える範囲が否応なく狭まってゆくことなんだなあ、としみじみ感じる。

とはいえ、〈後悔〉と〈愛惜《あいせき》〉とは別のものだ。当時の暮らしについて私が抱いているのは、「どうして置いてきたりしたんだろう」という暗い後悔などではなくて、あくまでも、良かった部分に限っての愛しさであり、それら込みで全部手放した自分への、苦笑まじりの舌打ちに過ぎない。

すでに発表した昔の小説を大きく書き換えることがないのと同じように、農場の家とそこでの暮らしにまつわる悲喜こもごもは、この先もずっと変わらず、記憶の中にしまいこまれてゆく。あれはある意味、私のつくったいちばん大きな作品だったと言えるかもしれない。

いずれにしても、こうして懐かしんで惜しむことのできる過去の上に〈今〉があるというのは、きっと幸せなことなんだろう。全部が全部いい思い出ばかりとは言えないけれども、だからこそ今のありがたみが胸に沁《し》みる、というようなこと……。

それはちょうど、最愛の猫を永遠に喪ったあとの新たな出会いにも似て、奇跡のようでありながら、いつでもどこにでも転がっている普遍的なできごとなのだとも思う。

愛情は限られた食糧ではない

ツイッターには、例によって頻繁に猫たちの画像や動画を上げていた。

古株の四匹に比べて、新入りのお絹の話題がついつい多くなると、フォロワーさんの中には心配して下さる人もいた。

〈先住猫さんたちのことも忘れないであげて下さいね〉

正直なところを言えば、あまり面白くなかった。私の中の罪悪感を言い当てられた気がした。要するに図星だったのだ。

忘れてなんかいない、とは思った。愛情は、限られた食糧ではない。新しい猫が一匹増えたからといって、そのぶん他の四匹のわけまえが少なくなるわけじゃない。

銀次に青磁にサスケに楓、四匹はまったく違っていて、長所も短所もそれぞれ比べようがなくて、たとえば銀次は銀次として唯一無二で、私の銀次への気持ちは銀次にぴったりのかたちをしている。そういう気持ちが、四匹それぞれに向けて、在《あ》る。そこへたまたまお絹が加わったからといって、何も変わらない……。

でも実際は、〈何も〉とは言い切れなかった。四匹への愛情の量こそまったく変わらなくても、彼らへ注ぐ物理的な時間が、少しずつ目減りしてしまっていたのは事実だった。

一方で、お絹に対する愛情と時間はと言えば、知り合ってから半月ほどの間におそろしいほどの勢いで増していた。もみじ亡きあと行き場をなくしていた私の気持ちは、受け皿を見つけた今、自分にも止めようがなかった。

手触りや重み、視線やしぐさ、小さな癖の一つひとつに、胸がぬくもったり、軋《きし》んだり、引き攣《つ》れるように痛んだりする。それでいながら幸せで、幸せなのにいちいち泣きそうになる。

おまけに彼女のお腹はどんどんふくらんでゆくのだ。四月下旬にはもう、毛をかき分けなくても乳首がつんと飛び出し、先端が白っぽく見えるようになってきて、重たいお腹を引きずるお絹自身もしんどそうにしている。

もう、いつ産んでもおかしくない。ほんのちょっと家を空ける間にも今ごろ生まれてしまっているんじゃないかと気が気でない。

そんな具合にお絹のことに心を砕けば砕くほど、他の四匹への後ろめたさがちくちくと背中を刺して、私は仕事の合間に彼らを抱き上げては撫でさすり、めったにやらない煮干しや〈ちゅ〜る〉を与えたりした。いずれはみんなで仲良くして欲しいという思いから、直接の接触まではさせない距離で、互いにそうっと対面させてみたりもした。

駄目だった。お絹のほうは、銀次と同じく誰が相手でもまったく平気なのだけれど、サスケと楓は、新入りなんか断固反対、といった態度を貫くつもりらしかった。

「かえちゃんもサスーもな、この家の大先輩やねんから、あんなフーフー言うて怖い顔せんでも、堂々としてたらええのんよ。な、ええ子やから、や〜さしいキモチでおり。や〜さしいキモチ」

どだい、無理な相談ではある。父亡き後に我が家の一員となって二年がたつ青磁に対してすら、彼らが〈や〜さしいキモチ〉になったことなどないのだから。

人間に、人づきあいの苦手な人がいるのと同じように、猫づきあいの苦手な猫だっているのだ。そもそも青磁など、猫づきあいと人づきあいの両方とも苦手な偏屈者だ。これればかりはどうしようもない。

どの子も可愛いからこそ、シャーッと鼻に皺を寄せるのを見ると憂鬱になるものの、すでに出来上がっていたサスケと楓の縄張りに、青磁やお絹を連れ込んだのは私たち人間の勝手だ。当面は、みんな仲良くとはいかないまでも、何とかそこそこ無難に折り合って暮らしていってもらうより仕方がなかった。

元号の変わる日が近づいていた。

新しく発表された「令和」という響きや字面にも少しずつ慣れてきた頃、世間は大型連休へと突入した。

世間は、とわざわざ断ったのは、物書きにはカレンダー上の旗日などあまり関係がないからだ。無情な、もとい、敏腕な担当者ともなれば、メールの最後にさらりと書いてくる。

「お原稿は、お休み明けに頂ければ間に合いますので」

お休み明けに渡すためには、お休み中に仕事しなくてはならない。もちろん、それまでに終わらせられなかったのは自分のせいなので、誰を恨むわけにもいかない。とまあそんなわけで、この年の連休も、私たちは家にいた。いや、たとえ仕事が全部片付いていたところで、お絹の出産という一大イベントを控えていてはどこへ出かける気にもなれなかったろう。

背の君と二人、

「ええか、産む時はちゃんと起こしや」

毎晩、お絹に言い聞かせてから目をつぶる。物音がするたびにハッと起きあがり、朝もまずは彼女の無事を確かめてホッとする。

ハッとホッのくり返しに消耗してゆく私たちを尻目に、当のお絹はあいかわらずのんびりと機嫌良く過ごしていた。

「おきーぬちゃん」

と呼ぶと、真っ青に透きとおる目でこちらをふり返り、喉声で〈うん？〉と鳴く。

「お腹、苦しぃないの？」

〈うん〉

「さすったげよか？」

〈うん？　うん〉

「ほなこっちおいでさ」

迷いもなく二人の間に飛び乗ってきて、どちらかの膝の上でぽいぽいと両肢をひろげる。

「おい、お〜きぬ」

〈うん？〉

お腹を撫でさせながら、上目遣いに背の君を見上げる。

「今日もモリモリ食うとったなあ」

〈うん〉

「まだ食うんかい」

〈うん？　うん〉

食べなくなったら、いよいよお産。

私たちは息を詰めるようにして、けれどできるだけお絹にそれを気取られないよう気をつけながら、その時を待っていた。

執筆と庭いじりと

昭和生まれなので、四月二十九日という祝日はずいぶん長いこと「天皇誕生日」だった。やがてそれが「みどりの日」になり、「昭和の日」となって、今年もまた軽井沢町役場駐車場では毎年恒例の行事がおこなわれた。苗木の配布会だ。

先着千名ほどにブルーベリーのポット苗と、ヤマブキあるいはドウダンツツジの苗が無料で配られるとあって、早朝から家族連れや老夫婦が列をなす。在住の人もいれば、いわゆる別荘族もいる。私自身はへんなところで気が短くて列に並んだことはないのだけれど、毎年ここでもらった苗を庭に植えて、あれは子どもが生まれた年のだとか、そっちのはおじいちゃんと一緒に植えたんだとか、そんなふうに思い出が積み重なってゆくのは素敵なことだと思う。

さらにこの日は、配布会だけでなく植木市も開かれる。

私が東京から軽井沢の今の家（もと写真スタジオ）に引っ越してきたのは二〇一〇年の秋で、築十七年の建物の前庭には何も植わっていなかった。見上げるようなモミノキが敷地をぐるりと囲んでいる他は、ただ草が生えているだけだった。

翌、二〇一一年の三月に、東日本大震災が起こった。我が家はまだ改修工事中だったのだけれど、建築資材のすべてが被災地優先となり、当初予定していた二階部分のリフォーム工事は一旦やめて後回しにすることとなった。家もまだなのに、庭にまで手をつける余裕はなかった。

ようやく迎えた二〇一二年の春、初めて役場前の植木市へと出かけていった時の感激は忘れられない。自分の頭の中にある絵を描くための絵の具を選んでいるかのようで、心拍数が上がりっぱなしだった。

ここ信州は、以前暮らしていた温暖な南房総とは植生がまるきり違うし、とくに冷え込む軽井沢では、園芸図鑑に「耐寒性あり」と書かれているような植物でさえ凍って枯れてしまう。ともすれば札幌《さっぽろ》よりも寒いくらいの土地柄なのだから当然かもしれない。けれどそのかわり、南房総ではきれいに咲かなかった花が、標高千メートルの庭ではきれいに咲くのだ。ライラックも元気に花をつけるし、サクランボやベリー類もたくさん実るし、これまた大好きなデルフィニウムは宿根草《しゅっこんそう》となって美しいブルーの花を毎年咲かせてくれる。その色もまた、下界よりも見事に鮮やかだ。

花も人もそれぞれに、在るべき場所というものがある。それを間違えてしまうと、咲きたくても咲けない。私自身、地べたに触れられない場所ではどうしても長く暮らせなかった。

そんなわけで、いくたびかのマイナーチェンジこそくり返してきたものの、今現在の我が家の庭は私がほとんど一人で作りあげたものだ。クレーンで吊らなければ動かせないサイズのヤマザクラとシラカバとカツラだけはさすがに知り合いの造園屋さんに頼んで植え付けてもらったけれど、それ以外の合計百種類をこえる植物は一つひとつ自分で植え、育ててきた。

土を盛ったり掘ったり肥料を入れたり、花壇の縁取りにする丸太を運んで積んだり、通路の踏み板を据えたり、隙間にレンガや化粧砂利を敷き詰めたり、鋳物のアーチを組み立てて設置したり、つる植物をからめたり、木にはしごをかけて太い枝をはらったり、トゲトゲのバラの枝を外壁に沿わせて誘引したり……といったすべてを、本業の執筆仕事のあいまを縫って、試行錯誤しながら作業してきたわけだ。〆切続きの間などは水やりも草取りもろくにできないし、虫が付いてもすぐには駆除できない。おかげで、気候以前に私の性格と生活態度にそぐわない植物は淘汰《とうた》され、放任していても育つ植物だけが生き残った。

自分にとっての理想の庭を作りあげる過程は、理想の小説を書き進めてゆく過程ととてもよく似ていた。今はまだ頭の中にだけある景色を具現化する作業、という意味では、どちらも同じだ。他の人が見ても感動してもらえる〈景色〉へと作りあげてゆくためには、どこにどんな枝振りの木を配置し、何色の花を添え、そこまでの通路をどれくらい湾曲させ、途中にどんな驚きの仕掛けを作ればいいかを考える。そのいっぽうで、目に美しくないものは注意深く排除しなくてはならない。つねに客観性をもって全体を把握しなくてはいけないところまで含めて、執筆と庭づくりは同じ作業と言ってもいいくらいだった。

それだけに、一人でするのが当たり前だと思っていた。誰も手伝ってくれないことを不満には思わなかった。

実際、かつての旦那さん一号はよく働くひとだったけれど畑専門だったし、旦那さん二号は庭どころかまず家にいなかったので、結果として私は、土をいじる時はいつも一人きりだった。二度目に独りに戻った時もやはり、朝早くから夕方暗くなって手もとが見えなくなるまで、時間さえ許せばずっと黙々と庭にかまけていた。

二〇一五年の初夏、それまで離れて暮らしていた背の君が軽井沢に来て住むようになった時にいちばん驚いたのは、当然のように私と一緒に庭に出て水やりをし、重たい土や肥料の袋を運ぶ作業を手伝ってくれたことだ。私自身、そうとう力持ちだという自覚はあったけれど、ひょいと指さすだけで肥料の袋が移動してくれるなら、そんなに便利なことはない。

人間、いっぺん楽を覚えると後にはなかなか戻れない。私もすぐにそうなった。

背の君自身は園芸好きというわけではまったくないし、花の名前なんかろくに知らない。桜とチューリップとバラくらいなら知っているだろうけれど、咲いていない限り区別がつかないから、結果として庭に植わっているのは全部ただの木や草、ということになる。

それでも、自分たちの暮らす場所が美しい緑に囲まれていることそのものは、なかなか悪くないと思うらしい。その心地よい状態を維持するために時間を遣い、汗を流そうとしてくれることが、私にはしみじみと嬉しかった。

すでにほとんど出来上がっている庭ではあるけれど、今でも背の君とは必ず二人して植木市へ出かけていって、毎年何かしら小ぶりの木を買いもとめる。

一緒に暮らしはじめた翌春は、ユキヤナギに似たシジミバナ。次の年はオレンジがかった緋色《ひいろ》のヤマツツジ。その次の二〇一八年は、三月にもみじを喪ったばかりだったので、迷うことなくイロハモミジの木を選んだ。背丈くらいのその木の根もとには、もみじの遺灰を少しだけ撒《ま》いて、トレイを掲げた猫の石像を置いた。

そうして、この年――お絹が来て初めての「昭和の日」に選んだのもまたモミジだった。「皐月紅《さつきべに》」という品種で、五月頃に若葉の縁がほんのり紅色に染まるらしい。

寝室兼リビングの窓の外、いちばんよく見える場所に二人で穴を掘り、底のほうに堆肥を入れて土を少し埋め戻し、水ぎめをしながら植え付けて、しっかりと支柱を立てる。

ふと見ると、窓の内側からお絹がこちらを眺めていた。陽を受けてますます透きとおるブルーの瞳が、まっすぐ私たちに注がれている。

もみじのお気に入りだったその場所に、彼女が座っているのを見るのは初めてだった。もみじもけっこう小柄だったものの、お腹に子がいてさえ体重の軽いお絹は、同じように乗っかってもクッションがちっとも沈まなくて、そんなことまでがいたいけで愛おしい。

たまらなくなってしまって、私は思わず隣に立つ背の君の指を握りしめた。

「おきーぬちゃん」

呼びかけると、窓ガラスの向こうで、返事のかたちに小さく口があく。

「なんちゅうか、死にものぐるいに可愛《かい》らしぃのう」

と、背の君がちょっとわけのわからないことを言う。

平成が、いよいよ終わろうとしていた。まだ少し冷たい新緑の風に吹かれながら、私たちはしばらくの間、泥だらけの互いの指先を握り合っていた。

平成最後の日

天皇陛下が退位なさるのをこの目で見るのは初めてだなあと思ったら、譲位はなんと二〇二年ぶりなのだった。前回は文化十四年（一八一七年）だそうだ。

凄い。何が凄いといって、それだけの長い時を経てなお、古《いにしえ》の時代とほぼ同じ儀式を執り行うことができるというのが凄い。そして現代に生きる私たちは文明の利器のおかげで、その歴史的瞬間をリアルタイムで目に焼き付けることができるのだ。凄すぎる。

……などと興奮していたのに、残念ながら〈リアルタイムで〉は叶わなかった。平成最後の四月三十日、まさにその日の朝に、背の君の娘夫婦が初めて軽井沢へ遊びにやってきたからだ。

そんならみんなでゆっくり観《み》ればよかったじゃないかと思われるだろうが、これにはちょっとした事情があった。

父親から「チー」の愛称で呼ばれる彼女は、動物が大好きなのにかなり敏感なアレルギーを持っていて、毛のはえた生きものはもちろんのこと、部屋の中に牛の毛皮の敷物が敷いてあるだけでもクシャミが止まらなくなる。あらかじめ薬は服用してきたものの、生きた猫のいる、しかも五匹もいる我が家で、はたして無事でいられるかどうかは正直言って賭けみたいな状況だったのだ。

さらには、

「たぶん行くって、だいぶ前に言うてたやーん」

と、はっきり（?）聞かされたのが前日だったので（まあそういうキャラである）、背の君はぶつぶつ文句を言いながらもこまめに立ち働き、家じゅうに掃除機と雑巾をかけまくり、娘夫婦の寝る部屋はとくに念入りに埃を払い、拭き清め、布団を干し、枕カバーやシーツは全部新しく掛け替え……と獅子奮迅《ししふんじん》の大活躍だった。

「あのな、お前ら、ここがどこかわかっとんか。軽井沢やぞ」

翌朝六時過ぎ、予定よりだいぶ早く無事到着した二人を前に、背の君は疲れた顔で説教をした。

「よりにもよって、一年でいちばん混む連休めがけてわざわざ来んでええっちゅうのや、ほんまにもー」

「す、すんません」

と夫のフウヤくんが恐縮する。いちばんの常識人はたぶん彼だ。

「えー、せやかて会いたかってんもーん」

チーちゃんがあっけらかんと笑って答える。

「しょっちゅう会《お》うとるやろがい」

「おとーさんやないわ、猫にやん」

父親が大阪へ帰省するたびに見せるスマホの画像や、NHKの「ネコメンタリー猫も、杓子《しゃくし》も。」などで我が家の猫たちとさんざん親しんできた彼女は、中でもとくに銀次のファンになったらしい。姿はそこそこ立派なのにオツムのネジはゆるい、そのあたりのギャップがいいのかもしれない。

薬が効いたか、それとも父の愛あふれる大掃除の成果か、幸いなことにアレルギー反応はほとんど表れずに済んでいるようで、若い新婚夫婦は猫たちとの触れ合いをきゃっきゃっきゃと堪能し、もういいんじゃないかというくらいたくさんの写真やビデオを撮影し、寝起きする部屋へ行く前にはお互いの服に付いた毛を粘着テープのコロコロで始末し合って、見ているこちらがくすぐったくなるくらい仲良く過ごしていた。

銀次、青磁、サスケ、楓の四匹は、一階の一部と二階とを好き勝手にうろついているけれど、身重のお絹だけは一階の奥、私たちの寝室兼リビングから出ることがない。彼女のお腹はたっぷりと大きく重たくふくらんで、猫を飼ったことのない若者二人が見ても、いよいよお産が近いとわかるくらいだった。

「もしかしたら、お前らのおる間に生まれるかわからんな」と背の君。「いつまでおる気か知らんけど」

「えっとあの、よろしければ五月三日くらいまでは、おらさしてもらいます」

フウヤくんが答える。丁寧に言おうとするあまり言葉遣いが微妙におかしくなるあたりが彼らしい。

「産む時って、前もってわかるもんなん?」

とチーちゃん。

「さあのう。何時間か前から、なんも食えへんようなるっちゅう話やけど」

「あとは、安心して産める場所を探してうろうろし始めるよ」私は言った。「物陰とか、暗がりとか」

「由佳ちゃんは猫のお産、見たことあるんやね」

「うん。もみじが生まれてくる時にね」

おおかた二十年前のあの晩は、母猫の真珠がわざわざ私を起こしに来た。ふだんは決して足を踏み入れない寝室に入ってきて枕元に飛び乗り、そろそろ産むけどいいのね、と教えてくれたのだ。

「お絹ちゃんも、教えてくれなあかんのんよ」

「せやで。それと、僕らがおる間に産んでくれなあかんで」

しゃがんで言い聞かせる若夫婦にはさまれて、お絹はそのつど〈うん?〉〈うん〉と、わかったようなわからないような返事をしながら機嫌良く喉を鳴らしていた。

みんながお風呂を済ませて「おやすみ」を言い合った夜遅く、私はツイッターに、お絹が〈むふーん〉と満足げな表情をしている画像を添えてこう呟いた。

お絹さんは、産気づくどころか本日もモリモリ召し上がりましたので、
しかも平成は残すところ一時間を切りましたので、
お子らは令和生まれとなることがほぼ確定いたしました。

…なにその得意げなお顔。

それが、三十日の晩のこと。
お皿に出しておいたキャットフードは、翌朝起きた時、一粒も減っていなかった。

面倒見のよすぎる銀次くん。
育児疲れ…。

青磁くんは偏屈。
わかりにくいけど
めっちゃ甘えてる。

お医者さまのもとへ。
さらわれるお姫さまのようだ。
(↑ 親バカ発言)

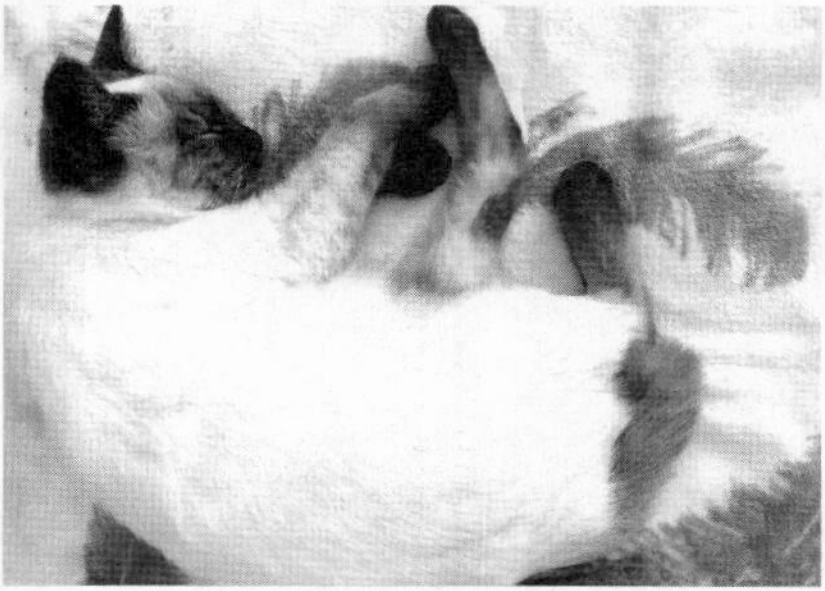

もみじと お絹。
少しも似ていないのに、
そっくり。

4 人の子のかわりでなく

令和最初の日

「ぜんぜん食うとらへん」

背の君の言葉に、はっと起きあがる。

見るとほんとうに、お皿の中身がそのままだった。

毎晩寝る前には、古い印判《いんばん》の皿にキャットフードをひと並べする。かつてはもみじが使っていたその皿の、底の部分に描かれた藍色の模様がちょうど隠れるくらいの量を入れておくので、わずかでも減っていればわかるはずなのだ。

ということは、少なくとも昨夜から今までの約九時間、お絹は自分の意思で絶食していることになる。これまで一度もなかったことだ。

「いよいよ今日かな」

私が言うと、背の君はお絹をそっと抱き上げた。

「産むんかい」

〈うん？〉

お絹が喉をのけぞらせて彼を見上げる。お腹こそ大きいけれど、顔つきや体つきはまだまだ幼い。

「生き馬の目を抜くように可愛《かい》らしぃのう」

またわけのわからないことを言いながら床に下ろすと、彼女はしきりに鳴きながら部屋をうろうろした。産室にと物陰に用意しておいた浅い段ボール箱や、真珠がもみじたち四姉妹を産み育てたアンティークのバスケットなど、それぞれ気に入らないわけじゃないんだけど今ひとつ、といった感じで、入ったり、出たり、入ったり、出たり。

その合間に何度も横になるのは、もみじの写真を飾ってある祭壇がわりのチェストの真下、冷たい床の上だ。どうやらそこがいちばん落ち着くらしい。

身体が熱いのかもしれないけれど冷えてもよくないだろうと、私はそこへ横長のクッションを持ってきて据えた。長座布団よりひとまわり大きいサイズで、厚さは十センチほど、乗ってもあまり沈まないくらいしっかりと中身が詰まっている。

紺と白の太いストライプ柄のそれは、前の年、もみじの最後の数日を見守るために私が添い寝をするのに使い、そばで仕事をする間はお尻に敷き、本当のおしまいには彼女自身がその上で息を引き取った、曰《いわ》く付きのクッションだった。

置いてやると、とたんにお絹はその上に乗って、ごろりと身体を横たえた。

「おお、具合良さげやんか」と、背の君。「どや、お絹」

〈うん？〉

「そこがええのんか」

〈うん〉

私たちは思わず笑い出しながら、とりあえず彼女をそこに残して、寝ぼすけの若夫婦を起こし、急いで朝食を済ませ、そしてかねて約束していたとおり、いつもの動物病院の院長先生に連絡をした。

二週間ちょっと前、南房総から連れて帰ってすぐのお絹を診察して下さった時、院長先生は言った。

〈じつはですね、私、こういう仕事をしているのに猫のお産だけはまだ見たことがないんですよ。犬ならあるんですけど〉

意外すぎてびっくりしたのだが、

〈ブリーダーさんとかを別にすると、最近では飼い猫の多くが避妊手術をするでしょう。それもあって、お産を目撃する機会そのものが少なくて〉

言われてみれば、なるほど、と思う。

そもそもお絹が妊娠したのは、広々とした田舎で、外を歩きまわり自由に恋をしたからだ。いわば昔ながらの環境にあるそういう猫たちは、お産もどこか外の暗がりで済ませることが多い。彼らなりに吟味して選んだ場所で上手に産み落とし、数日たって自分自身も落ち着いてから初めて子猫を家に連れてくる。

そんなふうに考えてみると、獣医師という立場にある院長先生が、猫の自然妊娠やお産に遭遇したことがないというのはむしろ当然のことかもしれない。

〈ほんなら、産みそうンなったらすぐ知らせますわ〉言い出したのは背の君だった。

〈先生どうせヒマですやろ。遊びに来がてらぶらっと〉

〈誰がヒマやねん〉

と、お約束のように横から突っ込む。

もちろん背の君もわかって言っている。先生が毎日朝から晩まで診察に追われていることも、手術やら急患やらで休む間がないことも——もみじがお世話になっていた間じゅう、その様子を間近に見てきたのだから。

それでも、もし本当にたまたま、お昼休みとか診療の終わった夜などに生まれてくるようなら、間に合って見に来て頂けるかもしれないし……というわけで、お絹が産気づいたら一応お知らせする旨、その時に約束していたのだった。

電話に出た院長先生に、昨夜から今朝までの状況を話し、

「たぶん、今日のうちに産むつもりなんじゃないかと思うんです」

そう伝えると、先生は興奮気味に言った。

「ほんとに、ほんとに伺ってもいいんですか？」

もちろんこちらは大歓迎である。でも、いくら連休の最中といっても病院は……。

「今日は水曜日なので」と、先生は言った。「ふだんでも休診日なんです」

――なんとまあ。

電話を切ってそう伝えると、背の君はなぜか得意げに言った。

「そんなニオイしとってん、俺」

私たちのやりとりを、お絹は相変わらずだるそうに寝転び、目を細めて眺めていた。ストライプ柄のクッションばかりか、考えてみればチェストの真下のその場所こそは、もみじの最期を見送った場所なのだった。


令和元年五月一日、水曜日。

元号の改まった最初の日を言祝《ことほ》ぐかのように、窓の外には素晴らしい青空が広がっている。四月の半ば過ぎまでは急にドカ雪が降ることもある土地柄なので、窓からの風はまだ少し冷たいけれど、地面は勢いのある新しい緑でみっしりとおおわれ、いつのまにかタンポポやスミレが咲き競っていた。

動物病院の院長先生と娘のミホちゃん先生が我が家に到着したのは、午前十一時頃だったろうか。

寝室に入り、しましまのクッションに横たわるお絹を目にしたとたん、先生は言った。

「……まあ！　この場所なんですね」

そう、先生がたにとってもここは思い出深い場所なのだ。いよいよ最期の迫ったもみじができるだけ苦しくないように手を施して下さったのも、そして息を引き取った彼女の身体を夜もう一度来てきちんと綺麗に整えて下さったのも、みんなこの場所だった。

「もみちゃん、そこで見守ってくれてるのね」

チェストの上の写真に挨拶して下さるお二方に、もみじのほうも心なしか、へへん、と得意げに見える。

あの時のようにかがみ込み、お絹の様子をていねいに診て下さった院長先生――もみじに倣って〈インチョ先生〉と呼ぶべきか――は、ひとつ嘆息して言った。

「こんなに小さい身体で、よくまあ……」

やっぱりそうですよねえと思った。

他の大人猫と比べて体格が小さめ、とかいうのではない。お絹自身が、まだ子どもなのだ。

猫の妊娠期間は約二ヵ月。広々とした田舎で自由に育ったお絹の場合、通常六ヵ月齢頃から訪れる最初の発情で妊娠したと仮定するなら、極端な話、今ようやく生後八ヵ月だったとしてもおかしくない。顔つきや体つきから想像するに、せいぜい十ヵ月といったところだろうか。

生まれてくる子猫も、きっと小さいんだろう。無事に育ってくれるといい。それより何より、無事に生まれてきますようにと祈る。

もみじたち四姉妹を産んだ当時の真珠はちょうど一歳になったばかりだったけれど、お産そのものはびっくりするくらい簡単だった。陣痛の間こそ私に命じてお腹をさすらせていたものの、いざ産み出したら十五分おきに一匹ずつ、きっかり一時間で四匹を産み落とし、けろりとお母さんの顔になっていた。

猫は基本的に安産。——そういうアタマがあったものだから、お絹が我が家にやってきてすぐ病院へ連れていって診て頂いた時はびっくりした。あの日、インチョ先生は、私たちを前にしてこう訊いたのだ。

〈お宅に鉗子《かんし》はありますか？〉

〈ありません〉と背の君が即答した。〈ふつうないやろ、それ〉

鉗子。小さなハサミのような形をした、でも切るのじゃなくキュッとはさんで固定するための手術用具である。彼の言うとおりだ。ふつう、ない。

〈そうですか〉

インチョ先生はまるきり動じずに言った。

〈じゃ、これをお貸ししておきますから、急なお産の時に使って下さい。一匹目の子猫が生まれてきたら、次の子が出てくる前に、母親とつながっているヘソの緒の真ん中を

この鉗子で挟んでおいて、その両側を糸で縛ってから、間をハサミで切り離してですね……〉

いやいやいやいや、と私はびびりながら思った。大丈夫だと思いますよ先生、そこまでしなくたって、子猫なんてみんな勝手に生まれてきますもの。ヘソの緒だって勝手にちぎれますもの、うん。

でもまあ何があるかはわからないし、万一の時のためにということで、その日は鉗子とハサミと専用の糸と薄い手術用のゴム手袋を、どきどきしながら預かって帰ってきたのだった。

「これ、とりあえずお返ししときますんで」

と、背の君が一式を持ってくる。

そりゃそうだ。せっかくこうしてプロフェッショナルがいて下さるのに、へっぽこド素人《しろうと》の私たちが持っていることはない。

「とりあえずまあ、二階でコーヒー淹れて、ゆっくりしてもらい。ここは俺ら見とくし」

相変わらずゴキゲンなお絹を、背の君とその娘夫婦に任せ、私はインチョ先生とミホちゃん先生を二階へ案内した。ぞろぞろと後をついてきた銀次も青磁もサスケも楓も、みんな何度かずつ先生がたのお世話になっている。

一階に比べると、天窓のある二階のダイニングはぐんと明るい。ああ見えていろいろと面倒見のいい背の君のおかげで、たくさんの観葉植物も青々としている。

「なんて気持ちいいんでしょう。ベランダへ出てみてもいいですか？」

「もちろん、どうぞどうぞ」

などと言いながら、やかんを火にかけ、豆を挽《ひ》き、ハンドドリップでコーヒーを淹れたりしていると、ものの十分もしないうちに娘のチーちゃんが階段をばたばたと中程まで上がってきた。

「由佳ちゃん、あのなぁー」と、こちらへ向かって呼ばわる。「おとーさんがなぁー」

「うん、どしたー？」

「『汁と実ぃ出てる、って言うてこい』ってー」

まだ口をつけてもいないコーヒーのカップを手に、先生がたと顔を見合わせる。

（汁と、実……？）

次の瞬間、全員が階段を駆け下りていた。

難産

まさかこんなに早いとは思わなかった。

寝室へ飛び込むと、例のクッションのまわりには背の君と若夫婦が集まっていた。それぞれがコンパクトにしゃがんで見入る姿は、まるで道ばたで珍しい生きものを見つけた小学生みたいだ。

その真ん中で、お絹は、さすがにちょっと苦しそうにもぞもぞしていた。いつもなら〈ごっきげーん！〉を絵に描いたような表情も、今は真剣なものに変わっている。真ん丸な青い目も、つり上がったように見える。

見ると、なるほどお尻のまわりは淡いピンク色の羊水で濡れていた。〈汁と実〉の、実のほうはまた引っ込んでしまったらしい。

「何か体温を維持できるようなものありますか」と、インチョ先生。「生まれてきた子猫が冷えないように。なかったら車から持ってきますけど」

「あ、ありますあります」

急いでチェストの下から平べったいユニクロの段ボール箱を引っ張り出す。産室候補として用意してあった箱には、あらかじめ犬猫用の薄い電熱マットが敷いてあった。もみじが晩年使っていたものだ。

よれていたタオルを整えて、お絹を中に横たえる。ごろんと転がっては股の間を気にして、前肢だけをついて起きあがり、くふ、くふ、と鼻を鳴らしながら息む彼女を、六人の大人が取り囲んで、なんだかあたりの酸素が薄くなった感じがする。

「お前ら、ちょっとそのへん散歩でもしてこい」とうとう背の君が言った。「ほんまに生まれそうンなったら教えたるから」

言外に意味するところを察した若夫婦は、目顔で頷き合うと、「わかりました」「ほなら、きっと呼んでなー」と言い残して寝室を出ていった。すぐにホールのほうから、ビリヤードの玉を撞《つ》く音と、例によって仲よしの笑い声がきゃっきゃっと聞こえてくる。

そうだ、そうそう、何もそんなに心配する必要はないのだった。なんたって猫のお産は安……。

「また出てきよった」

はっとなって覗くと、半ば仰向けになって両の後肢をひろげたお絹のお尻のほうから、みみみみみ、と〈実〉が出てくるのがわかった。

「よしよし、えらいね、お絹」

そうだよね、鼻面から出てくるんだよねえ。狭い産道を通ってくるから、初めはネズミの子かと思うくらい顔が細長いんだよねえ。

などと、もう今すぐにでも感動するつもり満々で眺めていたのだが、どうもおかしい。鼻面にしては、やけにとんがっている。

(え、なにこれ)

しかも、紐《ひも》みたいに細くて長い。なにこれ、なにこれ。

「しっぽ!?」

ミホちゃん先生が叫ぶのと、インチョ先生が呻くのが同時だった。

「うそ、逆子？　この小ささで？」

母体が、という意味だろう。

ふんっ……ふんっ……と、お絹は懸命に息むのだが、子猫のお尻だか後肢だかがつっかえて、ちっとも出てこない。苦しくなって、ふう、と休むと、五センチにも満たない細いしっぽがしゅるしゅるとまた引っ込んでしまう。

「美穂《みほ》」

インチョ先生の声が変わった。

「あれ持ってきて」

「はい！」

さっとミホちゃん先生が立ちあがって外へ走り、緊急用の医療箱を持って戻ってくる間に、インチョ先生は長くて綺麗な黒髪を、ポケットから出したゴムで一つにくくった。一瞬で、医師の顔になる。

先生母娘《おやこ》がてきぱきと準備を整えるそばで、私は床に膝をついてお絹の上半身を支え、背の君がライトを持ってきて手もとを照らす。薄手のゴム手袋をはめたインチョ先生がお絹の上にかがみこむと、ただの部屋もたちまち手術室になった気がした。

また、みみみみ、としっぽが出てきた。

インチョ先生がその先っぽをしっかりつまんで、手助けをするようにそうっとそうっと引っぱる。

アーオ、と鳴いたお絹が息をつくと同時に、またしっぽがしゅるんっと引っ込む。粘液に濡れてぬるぬる滑るせいもあるけれど、しっぽからつながる子猫の背骨なんて、どんなに細くて脆《もろ》いことだろう。脊椎脱臼の危険を考えるとあまり強く引っぱることができないのだ。

事ここに至っても、お絹は嫌がる様子もなく、全身を私たちに委ねてくれている。

みみみみみ。……しゅるん。

みみみみみみ。……しゅるん。

数分おきのそれが何度かくり返されるたび、羊水が少しずつ溢れ出てしまう。このままでは母体にも子猫にも負担がかかりすぎる。先生二人の顔つきがどんどん険しくなってゆく。

みみみみみみ。……しゅるん。

インチョ先生が、額に汗をにじませ、息をついた。

「次で駄目だったら、帝王切開のほうがいいかもしれません」

もちろん、病院へ連れていって、ということだ。

悪い冗談のようだった。じつのところ私自身が、五十数年前、同じような苦労を母親にかけて生まれてきたのだ。逆子ではなかったけれど過熟児で、難産で、羊水がぜんぶ先に出てしまい、狼狽《ろうばい》した主治医が近隣の産科医まで呼び集めての緊急帝王切開となった。全身麻酔は赤ん坊の脳に影響が出るというので、部分麻酔でのおそろしく痛い手術だったそうだ。私の左耳の上あたり、髪をかき分けた地肌にはいまだに、このとき母のお腹の皮と一緒に切られたメスの痕が残っている。

「お絹ちゃん」私は、両手で押さえている小さな母猫の顔を覗きこんだ。「あとひと息やん。な、頼むわ、頑張って」

「知らんぞ、お絹」と、明かりをかざしている背の君も言う。「ここで産んどかんとキツイぞ」

ふんっ、ふんっ、と小刻みに息をついていたお絹が、うーーん、と息みだす。

間髪をいれず、ミホちゃん先生が両肢を保定し、現れたしっぽをインチョ先生がつまんだ。と思ったら、もっと奥へと指を差し入れた。左手でお絹のその部分を押さえながらも、右手の人差し指と親指で中のものをつまみ、できる限りゆっくり、そっと、けれどしっかりと引っぱる。

思わず、すぐそばの写真立てを見上げていた。

(もみじ。お願い、守って)

アアアオウ、とお絹が苦しげに鳴く。インチョ先生が、ごめんね、もう少しよ、ごめんね、と呟きながら、二本の指でつまんでいるものを引っぱる。

と、いきなり、ずるりんっと塊が現れた。

「出たあーーッ！」

みんなの声が揃った。

ようやくだ、ようやく生まれた。インチョ先生の親指と人差し指にはさまれ、しっぽの先から引っ張り出されてきた。

くず餅みたいな粘膜に包まれた塊を見て、安堵しかけたのもつかの間。私たちの間に再び緊張が走る。

羊膜を取り去っても動かないのだ。息をしない。お絹が鼻面を舐めてやるのに、力なくだらんだらんと転げるだけだ。もしや、母親の産道を行きつ戻りつしている間に圧迫されて窒息……？

同じく息もできずに固まっている私たちの前で、ミホちゃん先生がさっと子猫を拾い上げ、首を支えながら逆さにして軽く振ってから、乾いたタオルにくるんで柔らかくゴシゴシゴシッと両手で揉む。ハムスターほどの小さな体が左右にゆらゆら揺れる。そばに立つ背の君が、急いでその手もとを照らす。

ゴシゴシッ、ゆらゆら。

ゴシゴシゴシッ、ゆらゆらゆら。

うそ……駄目なの？　こんなに頑張って生まれてきたのに？

――と、音もなく口が開いた。アマガエルみたいな歯のない口がぱくぱくと開いたり閉じたりして、濡れた鼻の穴から、しゅ、しゅ、しゅ、と息が漏れ、何度目かに、ミィヨウ！　と初めて鳴く。もう一度、絞り出すようなミィヨウ！　四肢も動き始めた。

肩で大きく息をついたミホちゃん先生が、顔をくしゃくしゃにして、くるんだタオルごと子猫を私に差しだす。我が子を抱き取るみたいに両手で受け取り、顔を覗きこむ。

ああ……生きてるよ、動いてるよ。助かったんだ、よかった、ちゃんと生きてる。

マズルは白くて、鼻の先は淡いピンク。目をぎゅっとつぶっているはずなのに開いてるみたいに見えるのは、黒マジックで描いたみたいな太い隈取《くまど》りがあるせいだ。それより何より、おでこから頭、うなじから背中へと続く、まだ濡れたままの毛並みを間近に見て、私は目を疑った。

「えっ……うそ、三毛？」

思わず、背の君を見上げる。

つっ立ったままの彼が、うっ、と声を漏らし、眼鏡をむしり取って腕を目に押しあてるのを見たら、私もどっと泣けてきた。

ミィヨウ！

お絹が気にして体を起こそうとする。

「大丈夫やで、大丈夫。よしよし、よう頑張ったねえ」

急いで子猫を懐へ戻してやると、お絹は少し興奮した様子で一生懸命に子猫を舐め始めた。

三毛。

よりによって、三毛。

もみじよりは色が濃いようだからサビ三毛だろうか。それにしたって、見るからにシャム系のお絹のお腹からよくもまあ……。

私たちが情けなく洟《はな》をすすっていると、インチョ先生が、

「いけない、忘れてた」

ミホちゃん先生と一緒にまたてきぱきと手を動かし、子猫からつながるヘソの緒を鉗子ではさんで糸で結び、そうして切り離したその小さな胎盤をお絹の前に置いた。匂いを嗅いだお絹が、全部わかっているかのように粛々と食べきる。

眺めているうち、緊張で強《こわ》ばっていた体から力が抜けていった。

もしも先生たちが来ていなかったらどうなっていただろう。想像すると今さらのように震えてくる。

ヘソの緒を切るくらいは頑張ればできたとしても、あれほど遠慮のない完全なる逆子

を、指を差し入れてつまんで引っ張り出すなんてこと、どう考えてもできる気がしない。どこまで手助けしていいかすら判断が付かずにおろおろするのが関の山だったろうし、ぐずぐずしていたら子猫ばかりか母体さえ危なかったかもしれないし、たとえどうにか出てきたとしたって、仮死状態の子猫を適切に処置して息を吹き返させるなんてこと、絶対に、ぜったいに無理だった。そもそも、一匹目がつっかえたままでは、後に控えているはずの二匹目も三匹目も出てこられるわけがないのだ。

改めて、千倉の道ばたで出会った時のお絹が思いだされる。彼女があんなにも必死に私の脚にしがみついて離れなかったことまでが、もしかしたら必然だったんじゃないかと思えてくる。もとの家の人たちからもすごく可愛がられていたけれど、外猫がふつうにそうするようにひとりでお産をしていたら、今ごろ無事ではいないかもしれない。

チェストの上の写真立てを見上げずにはいられなかった。

(もみじ。お願い、守って)

もみじにそう祈った気持ちが、天にまで通じたんだろうか。

一年と少し前に彼女が旅立ったのとまったく同じこの場所で、同じクッションの上で、いま、新しい命を迎えることができた――そのための道筋のすべてが、まるで決められていたことだったかのようだ。

落ち着きを取り戻した様子のお絹が、丁寧に丁寧に舐めるおかげで、小さな子猫の毛並みがだんだんと乾いてゆく。三毛だから、まず間違いなくメスだろう。まだ少し湿った産箱の敷布からはかすかに、潮の香りを思わせるいのちの匂いが立ちのぼっている。

インチョ先生とかわるがわる、まだお乳がちゃんと出ないお絹のおっぱいをつまんで乳腺を刺激してやるうち、やっと子猫が自分から吸いついてちゅくちゅく飲み始めた。これでもう大丈夫だ。

「やーれやれ」

元通りに眼鏡をかけた背の君が、ひとまずライトを消して深々と吐息する。

「すっかり忘れとったわ。あいつら呼んで来たろ」

そうだった。彼の娘夫婦に、生まれる時は知らせると約束していたのに、まったくもってそれどころではなかった。さすがに二匹目まで逆子ということはなかろうし、今度は安心して見守ることができそうだ。

私は立ちあがり、みんなのぶんのコーヒーを淹れ直そうと、急いで二階へ上がった。この時点では、もうすぐにでも次が出てくるとばかり思っていたのだ。

二匹目

昔、私が子どもの頃に家で飼っていた犬は、家族の誰一人として妊娠に気づかないうちに、ある朝いきなり六匹の子を産んだ。朝の光の中、自分の身に何が起こったのかわからないままの母犬が、お乳を吸われながら途方に暮れた上目遣いで私を見たのを覚えている。

しつこいようだけれど、もみじたち四姉妹が生まれてきた時だって思いっきり安産だった。一匹目が出てきた時だけは狼狽《うろた》えてきりきり舞いをした母猫の真珠も、二匹目から後はまるで古《いにしえ》からお母さんをやってますというふうに、ヘソの緒を嚙み切り、胎盤をきっちり食べて始末し、子猫を舐めて乾かし……と、終始落ち着きはらって対処していた。

雑種の犬や猫のお産なんて、たいていはそんなものなのだ。そうでなかったら、安産祈願のお詣《まい》りにわざわざ戌《いぬ》の日が選ばれるはずがない。

この日お絹が産んだ一匹目の三毛こそ、たまたま逆子で難産だったけれど、こんなことはよっぽど特殊な例だろうと私はすっかり気を抜いていた。二匹目はさすがに頭から生まれてくるはずだ。ドラマティックな出来事なんかもう要らない。それでなくとも私生活ではこれまでいろいろやらかしてきたのだから、せめて猫のお産くらい落ち着いた気持ちで見守りたいではないか。

お絹は、小さな体でよく頑張っていた。初乳を飲んだ子猫がやがて疲れて眠ってしまうと、彼女はそろりと体を起こし、産箱から出てきて久しぶりに水を飲み、カリカリを少しだけ食べた。

「あらあ……」

床に横座りになったインチョ先生が、コーヒーのマグカップを片手に呟く。

「これは、またしばらくかかるかもしれませんねえ」

そう、前例はある。何を隠そう我が家の楓がそうだったのだ。里親募集の貼り紙を見て迎えに行った時、もとの飼い主さんが言っていた。サスケともう一匹のきょうだいが生まれて一晩たった翌朝、まるで思いだしたみたいにひょっこり生まれてきたらしい。

はたして、みんなで待つこと二時間、午後三時をまわっても、お絹はさっぱり産気づく気配がなかった。一匹目を産む間は緊張と興奮に引きつっていた顔も、今はすっかりもとのごきげんさんモードに戻っている。千倉から連れ帰って十九日、私たちは彼女の微妙な表情の変化をだいぶ見分けられるようになっていた。

「一匹産んだことで産道も広がってますし、めったなことはないと思うんですけど……何かあったらすぐ連絡して下さい。とんできますから」

そう言って、夕方、インチョ先生とミホちゃん先生は帰っていった。

背の君はといえば、今になってすっかりドヤ顔だった。

「ええかお絹、俺のおかげやぞ。俺があの時センセらを誘わなんだら、お前今ごろエライコトなっとんねんからな」

ちっちゃい子猫が一匹増えてもぞもぞ動くだけでも、ユニクロの浅い段ボール箱は狭苦しく見える。試しに、かつて真珠がもみじたちを産んだ時のバスケットに子猫を移してみると、お絹は自分もそちらへ入り、ずっとそこでそうしていたかのように横たわってお乳を与え始めた。

改めて、どれだけ母体が小さいかわかる。真珠が横たわった時はバスケットの長辺にぴったりだったのに、お絹ときたらようやく一隅におさまるくらい。その彼女が産んだわりには、一匹目の三毛の頭はずんぐりと大きい。尻尾から出てきたぶん、頭は産道の狭さに押しつぶされずに済んだのかもしれない。

若夫婦の協力のもと、四人交代で見張りながら気もそぞろで夕食を済ませてもなお、二匹目が生まれてくる気配はなかった。

とうとう私は、ノートパソコンと小説の資料本と枕をバスケットのそばに持ってくると、チェストの前に置いたままのストライプ柄のクッションに横になった。

「大丈夫かいな、風邪ひくぞ」背の君が心配してくれる。「こっちで寝たかておんなじやろが」

そう、ベッドの枕元までだってほんの三メートルくらいしか離れていない。でも、きっとまんじりともできないにきまっている。それに、もみじを見送る最後の二日間このクッションで添い寝した時の気持ちに比べたら、生まれてくる命を待つための睡眠不足なんて、ただただ喜びでしかない。

入浴を済ませた若夫婦が、ボディソープのいい匂いを漂わせながら「おやすみ」を言って二階の客間へ引き取ると、しばらくは頑張ってくれていた背の君もやがて寝息を立て始めた。

腹ばいになって資料を読みながら、夜中の二時、三時と起きていたけれど、いろいろあった一日だ。さすがに疲れて目を閉じた。

すうっと睡魔に襲われるものの、眠りはひどく浅い。顔のすぐ真横にバスケットがあり、お絹の息遣いや、時折ごそごそと子猫が動く気配が感じられるおかげで、十分か十五分ごとに目が開く。真上の壁掛け時計の針がちっとも進まない。

「お絹ちゃん。まだなん?」

小声で訊くたび、彼女は優しく喉を鳴らし、まるで〈そんなに慌てなーい〉とでも言うかのようにゆっくりまばたきをした。

五時半、までは覚えている。

びくっとなって見上げた時計は、六時ちょうどだった。部屋はもう薄明るい。

枕から頭をもたげ、しわしわしょぼしょぼする目を懸命にこらしてバスケットの中を覗くと、昨日の子猫が隅っこのほうでウゴウゴと蠢《うごめ》いていた。

(……ん? なんか黒っぽくなってる?)

目をこする。

違う。黒っぽいのは生乾きだからだ。しかも、昨日の三毛はといえば、お絹のお乳を吸っている。ということは……。

「生まれとる！」

思わず大声で叫ぶと、

「えっ、なんて？」

寝ていた背の君がすぐに反応した。

「もう生まれとる！　なんか黒っぽいハチワレが一匹。三十分前は影も形もなかってんよ、ほんちょい寝落ちした隙に」

「無事か」

「無事や。お絹に舐めてもろとる。ほんま、たった今生まれたとこやわ」

「そうかあ。ひとりで産みよったかあ」

彼もよほど疲れていたのだろう。立ちあがって見に来ることはせず、「無事なんやったら後でええわ」と、またすぐ静かになった。

三毛より十七時間も遅れて生まれてきたくせに、ハチワレの二匹目のほうがひとまわり大きく、四肢も太い。鼻の下にうっすらと口髭《くちひげ》みたいな模様があって、それが左のほうへちょっとずれてしまっているのがユーモラスだった。オスか、それともこの子もメスだろうか。もちろんどっちだっていい、どっちだって嬉しい。

ヘソの緒も胎盤も、すでにお絹がきっちり始末した後だった。ハチワレがお絹のおっぱいに吸いつくまで見届けてから、私も再び横たわり、目をつぶる。

九時を過ぎたらインチョ先生に電話をして、二匹目が無事に生まれた報告をしなくちゃ。さて、三匹目はいつになることやら……。

思った次の瞬間、意識が飛んでいた。

三匹目

令和元年五月一日に、逆子の難産で長女の三毛が。

つづいて五月二日に、あっちゅうまの安産で長男の黒白ハチワレが。

それぞれ、とにもかくにも無事に生まれてきた後、母親となったお絹は二匹の子猫にちゅくちゅくとおっぱいを吸われながら眠ってばかりいた。なんだかすっかり大仕事を果たし終えたかのようだった。

一夜をまたいでの出産は例があっても、三日にわたるお産は、ネットで調べてもなかなか出てこない。

昨夜と同じくバスケットのそばで添い寝をしたものの何ごとも起こらないまま、明けて五月三日——背の君の娘夫婦は、かわるがわる名残惜しそうにお絹と子猫を撫で、そして全部の猫たちに「また来るからな」「忘れんといてや」と言い残して、大阪へ帰っていった。

そう、世間は大型連休の真っ最中なのだ。動物病院だってお休みだ。

そんな時に、いくら次が生まれてこないからといって、当のお絹が苦しんでいるわけでもないのにあんまりインチョ先生を煩わせるのも……などと躊躇《ちゅうちょ》していたら、逆に、インチョ先生のほうから心配して連絡を下さった。

「どうですか、まだ生まれませんか」

「そうなんです、全然」

「お絹ちゃんの様子はいかがです？　ごはんとかは」

「モリモリ食べて、水も飲んでます。あとは爆睡してるだけ」

うーん、とインチョ先生が呻吟《しんぎん》する。

「本当にもう一匹お腹にいるとしたら、こんなに遅いというのはちょっと異常には違いないので、帝王切開も考えに入れたほうがいいと思います。すみません、私はいま別件で病院にいないんですけど、当直の医師がいますから、もしお連れ頂けるようでしたら今度こそレントゲンも撮って確認してみましょうか」

なんてありがたい。

じつのところ、前回連れていってのエコー検査のあと、念のためにと続けてレントゲンも撮る予定だったのだ。ところがちょうどその時、一刻を争う急患のワンコが運びこまれてきたものだから、とりあえずこちらは母体もすこぶる健康なことだし、大丈夫です大丈夫です、実際に何匹なのかは生まれてみればわかりますもん、と早々においとましてきたのだった。

しかしこうなるとやはり不安が募る。申し訳ないけれどぜひお願いします、と電話を切ると、私たちは子猫たちを起こさないようにそうっとお絹を抱き上げ、通院に使っている例の洗濯ネットに入れようとした。

ところが、お絹はいつものお絹ではなかった。子猫と引き離されると覚《さと》った瞬間に〈いやあーん！〉と声をあげて暴れ、その声に目をさました子猫たちがミュウミュウ騒ぎ出すとよけいに、半狂乱になってそばへ行こうとする。

これはちょっと無理だ。連れていくなら全員一緒でなければ。

仕方なく、私たちは二人がかりで寝床のバスケットごと抱えて運び、後部座席にのせると私が隣に座って、お絹をなだめながら病院へ向かった。

何しろ、ふだんの甘えん坊のお絹ではない。スイッチが完全に切り替わり、何としてでも子猫を外敵から守る母猫の顔になって、鳴き騒ぐ子猫を興奮気味に激しく舐めたり、時折強く咬んで悲鳴をあげさせたりしている。ただでさえ緊張する車の中だけに、うかうかしていると自分の子どもを食べてしまうかもしれない。危険が迫ると、守ろうとする衝動のあまりそういうことが起こりうるのは知っている。

こちらも負けず劣らず緊張した。よしよしとお絹を撫で、声をかけては落ち着かせ、ほらそんなに舐めなくていいから、と子猫との間にてのひらを差し入れる。一度、間違えて咬まれた。血がでるほどではないがけっこう痛い。

「ごめんなあ、お絹」

と、くり返す。

「大丈夫、大丈夫やからね、なーんも心配いらんねんで。検査が済んだら、またすぐおうちへ帰れるからね」

それなのに、である。

くり返すけれど今は大型連休の真っ最中で、しかもここは別荘族も多く訪れる観光地だ。平日であればまことにのんびり走れる国道はこの日、県外ナンバーの車でべったたに渋滞していた。こうなったら、と地元民しか知らないはずの裏道へとまわっても、そこも同じく渋滞。なんたることか今どきは、ナビが細かい抜け道まで指示してくれるらしい。よけいなお世話にも程がある。

通常であれば十分そこそこの道のりを、一時間もかかってようやく病院へたどり着く。さすがに車から降ろす時ばかりはお絹だけを抱き、後ろから嫁入り道具みたいに子猫入りのバスケットを捧げ持って診察室に入ると、インチョ先生から連絡を受けていた当直の先生が、すぐにエコー検査の準備にかかってくれた。

いつかのように診察台の上であおむけにすると、お絹は観念したように体の力を抜き、お腹にジェルを塗ってもらいながら、青い瞳を私に向けてきた。

「うんうん、ええ子やね。なんも痛いことないよ。すぐ済むからね」

電気ひげ剃《そ》りみたいな形のプローブをお絹のお腹に当て、ゆっくりとあちこちへ滑らせながら画面を見ていた先生が、

(んん???)

という顔になる。なおも丹念に探った後で言った。

「いないみたいですねえ」

きっと、いたずら

「え、マジで?」

と、背の君と私の声が揃う。

いないって……三匹目は?

「念のために、レントゲンも撮ってみていいですか?」

「お願いします」

休診日の静かな診察室で、まだ目の開かない子猫たちがころんころん不器用に転げるのを眺めながら待つことしばし。

やがて奥から戻ってきた先生は、私たちに向かって頷いた。

「やっぱり、お腹にはもう誰もいませんでした」

それを聞いたとたん、ほーっと肩から力が抜けた。

「すみません、ご心配をおかけして。エコー検査だけですと、どうしてもこういうことが起こってしまうもので……」

ひどく申し訳なさそうにおっしゃる。

「いやいやいや、ええねんええねん」と、背の君が慌てて言った。「そんなもん、お腹開けて見るわけちゃうねんから当たり前やがな」

そう、まったくそのとおりだ。だいいち、こうして休日にまで検査をしてもらえたおかげで、どれほど安心できたことか。良くないことが起こっていたわけではないとはっきり知ることができたのだし、当のお絹も、生まれてきた子猫たちも、みんなすこぶる元気なのだから万々歳じゃないの。

再びバスケットを抱えての帰り道、インチョ先生から電話がかかってきた。出先で検査結果をさっそく聞いたとのことで、こちらが申し訳なくなるくらいの平謝りだった。

「いや、でも、もしかしたら間違いじゃなかったかもしれませんよ」

と私は言ってみた。

「昨日の朝、二匹目は私の気づかないうちに生まれてたくらいですし、残りのもう一匹もそうだったのかも。その子が死産だったりしたのなら、母親が本能で始末したっていうことだってあり得ますし……」

「ええ、その可能性も考えはしたんですけど、敷いてある布に何の痕跡もなかったわけでしょう？　ウンチにも。ということはやっぱり、エコー検査の時に私がダブって数えてしまったんだと思います。ほんとうにごめんなさい、最初から三匹じゃなくて二匹だってわかっていたら、ムラヤマさん、少なくともゆうべはベッドで寝られるはずでしたのに」

思わず、ふきだしてしまった。

それは確かにそうかもしれないけれど、添い寝している間じゅう、私は最高に幸せだった。

暗がりの中、お絹の優しい吐息や、生まれたてほやほやの子猫たちを丁寧に舐めてやる気配や、彼らの小さなちいさな爪が敷布にひっかかる音や、乳首を懸命に吸い立てる湿った音などに耳を澄ましていると、今まさに宇宙と生命の神秘に触れているのだとわかって、荘厳な心持ちになった。我が家の猫事情と自分の残り時間とを考え合わせれば、あんな経験はおそらくもう二度とできないだろう。

「先生がいて下さらなかったら、この二匹は生まれてないんですよ」

と、私は言った。

「もみじの時もそうでしたけど、先生は我が家にとって、何重の意味でも命の恩人なんです」

電話を切って目をあげると、道は、来た時よりもだいぶ空いていた。

ようやく帰り着き、ここで気をゆるめてはならじと、寝室の隅にバスケットをそうっと下ろす。しばらくの間、話しかけながら撫でているうちに、お絹はもとのお絹に戻り、横たわって子猫たちにお乳をやり始めた。

三匹目については、きっと心配してくれている人たちがたくさんいるはずだ。ツイッターを立ち上げ、とにもかくにも報告をした。

そしてそのあとに続けて、こう書いた。

〈お絹ちゃん、早く産め産め言ってごめん。この上は、早くウンチ出しなさい。レントゲンに山盛り写ってたよ〉

〈皆様、ご心配をおかけしました。改めまして、お絹と二匹のチビをよろしくお願い致します〉

それぞれの呟きに、その日のうちに二千を超える〈いいね〉と祝福のリプライがついた。二千といったら、生前のもみじ並みだ。

「いつのまにやら大人気やのう、お絹。ええ?」

と、背の君が笑う。お腹がへこんだせいでひときわ小柄になった新米の母猫が、〈うん?〉と鳴いて、バスケットの中からゆっくりとまばたきを返してよこす。

ちなみに、リプライには多くの方が、奇しくも同じ言葉を寄せて下さっていた。

〈三匹目はきっと、もみじちゃんのいたずらだったんですよ〉

――私も、そう思う。

再び、命名

哺乳類の赤ちゃんがたいてい可愛らしく生まれてくる理由について、こんな説を聞いたことがある。

彼らの多くは、たとえば虫や魚や蛇や鳥などと違って、独り立ちするまでに数ヵ月から年単位の長い時間を要する。外敵に対して無防備でいるその間は、親や仲間に守ってもらわなくてはならない。だからこそ、できるだけ保護欲をそそる外見、間違っても敵視されないような姿形をもって生まれてくる必要がある、というのだ。

本当かどうかは知らない。というか、もしそれが完全に正しいとしたら、独り立ちまでに十数年もの時間を要するヒトの赤ん坊は、あらゆる哺乳類の中で最も可愛くなくてはいけないはずじゃないかと思うのだけれど――正直なところ私の目には、人間の赤ん坊よりも子猫のほうが百倍も可愛く見えてしまう。

日付をまたいで一匹ずつ生まれてきた、サビ三毛と黒白ハチワレの子猫。

てのひらより小さな彼らは、目も開かないうちから自分専用の乳首を決めていて、母親のお絹がどんな体勢で横になろうが鋼鉄の意志をもって突進してゆく。桜色の前肢の先には、まだちゃんと引っ込まない極細の爪がついていて、ちゅくちゅくと吸い立てる合間にその両手がお絹のお腹をもみしだく。

生まれた日にはネズミみたいだったけれど、翌日は明らかに猫らしい顔立ちになっていた。ふわふわの毛におおわれた全身が、近くに手をかざすだけですごい熱を発しているのがわかる。

ぴい、ぷわあ、みゅう、と鳴くのがハチワレ。

ぴいぃい、ぷわあぁぁ、みゅううぅ、と鳴くのが三毛。

言わずもがなのことだけれど、どちらも悶絶《もんぜつ》するほど可愛かった。一日じゅうそばにしゃがんで眺めていても飽きなかった。一挙手一投足すべてを見逃したくなくて、ほとんど仕事にならないくらいだった。

ちなみに、我が家には当初、子猫たちの行く末について二つの意見があった。

「もみじがおった頃でさえ、全部で五匹やってんで。さすがに七匹いっぺんには飼われへんやろう」

という慎重派と、

「そら確かに多いけど、五匹が七匹になっても、手間そのものはそんなに変わらへんのんちゃうか？」

という楽観派と。

前者が私で、後者が背の君だ。

ふだんはむしろ慎重すぎるほど慎重派の彼にそう言われた時は、あんまり意外で、控えめに言って度肝を抜かれた。

とはいえ、何しろ彼は、全国放送の「ネコメンタリー」の中であのもみじから、〈当然のこっちゃけど、一番にうちを、二番目にかーちゃんを大事にしよるし、うちのごはんを自分の餌より先に用意しよるし、うんこの片付けもサボりよらん〉

と、下僕として太鼓判を押された男である。

彼さえそう言ってくれるのだったら、私だってもちろん、こんなに可愛い子猫たちと離れたいわけがない。

「どだい無理や、っちゅうねん」

と、背の君は言うのだった。

「あのお絹から生まれてきてんで？　それも、あれほどの難産を乗り越えてやで？　ンなもん、今さらどこの馬の骨とも知れん相手のとこへやれるかいな」

娘を嫁にやる父みたいなことを言っている。

そうとなったら、また名前を決めなくてはならない。背の君と私は、互いにこころもとない脳みそを絞った末に、五月一日に生まれた三毛を〈朔《さく》〉、遅れて二日に生まれてきたハチワレを〈フツカ〉と名付けた。朔とは「一日《ついたち》」という意味だし、フツカはそのまんまだ。

産んだお絹のほうは、最初の頃の緊張もだんだん落ち着いてきて、数日たつうちには、お乳を飲み疲れた子猫たちが眠りこむたびにバスケットからそろりと出てきて甘えるようになった。中にいる間は母親の顔なのに、出てくるともう、前のまんまの幼い顔なのだった。

せっかく寝た子猫たちを起こさないよう、

「おきーぬちゃん」

ささやき声で話しかけながら抱き上げて膝にのせる。

たとえば銀次やサスケや楓などはこういう時、具合のいい位置を見つけて丸くなったり香箱を作ったりするのだけれど、お絹はまずしない。猫らしく丸くなるのは自分ひとりで寝る時だけで、私たちに甘えるとなると、必ずこちらの身体のどこかを背もたれにして寄りかかり、ぽいぽいと投げ出した両肢をぱかっと開いて、

〈うん?〉

喉をのけぞらせるようにして見上げてくる。

ああもう、何なのだ、この愛しい生きものは。こんなことをされたら、彼女の気が済むまでお腹を撫でてやる以外に何ができるというんだろう。

生まれたての子猫たちが可愛いのはなるほど、そのように創られているからかもしれない。でも、まだ出会ったばかりのはずのお絹が、こんなにもとくべつに愛しく思えるのはどうしてなんだろう。説明がつかない。

母性神話と猫

いくらヒトの赤ん坊より子猫のほうが百倍可愛く思える、といったところで、私だってべつだん、人間の子どもが嫌いというわけではない。

いや……いや、どうだろう、どちらかというと嫌いなのかもしれない。少なくとも積極的に好きではない。

過去における二度の結婚で子どもを産まなかったのはそのせいではなく、ただ妊娠し

にくい体質というだけだったけれど、あえて不妊治療をしようと思わなかった背景にはやはりそういう理由もなくはない。産んでも、愛する自信がなかった。自分が母親に対して抱いていた感情と同じく、いつか我が子から〈お母さんにだけは似たくない〉と思われてしまうことを想像すると怖かったし、それ以上に、我が子がうっかり自分に似てしまう可能性を思うとぞっとした。

そういえば〈旦那さん二号〉は、まだ旦那さんになる前、真面目な顔で私にこう言った。

「そんなこと気にしなくても大丈夫だよ。あなたはお母さんとの関連で自分のことを冷たくて醒《さ》めてると思ってるみたいだけど、ほんとうはすごく愛情深いひとなんだから、いざ産んでみればちゃんと愛せるようになるよ。だいたい、猫や犬や馬をあんなに可愛がってるあなたが、人間の子どもだけ愛せないなんてはずがないじゃない」

たぶん、彼としてはここぞというくらいの決めゼリフだったんだろうと思う。

でも、その当時でさえ、私はうまく頷けなかった。

「そうかなあ」

呟きつつ、心の中では思っていた。

(だって、猫や犬や馬はもとから可愛いじゃないの)

もともと可愛いと感じる相手のことを愛せるようになるのは当たり前だ。こっちは人間の子をなかなか可愛いと思えず、だから産むのが怖いと言っているのに、全然わかっちょらん。

私が人間の赤ん坊に抱く感情は、その相手との距離と深く関連している。距離があればあるほど、あら可愛い、と口にできる。すれ違いざまや、テレビで見かける赤ちゃんはたいてい可愛い。責任を負わなくていいので気が楽なのだ。

身内の産んだ子も、まあまあ可愛い。赤ん坊には、こちらが長年にわたって成長を見守ってきた若い親との思い出までもが一緒に受け継がれるので、無事に生まれてくれば感動もするし、似ているところが見つかれば興味深いし、成長を一緒になって喜ぶこともできる。そうしてやがて、その子本人への思い入れや情といったものが積み重なって愛しさにもなってゆく。

あるいはまた、友人の子どももそうだ。彼らが子連れで我が家を訪ねてくるのは嫌いじゃない。あくまでその友人を好もしく思っていることが大前提だが、そのひとのこれまでの半生について何ごとかを知っていればいるだけ、彼らが自分の子と接する様子から、いまの幸せを垣間見るのはしみじみと感慨深い。

ただし、どの場合も、私自身はどうやって子どもに触っていいのかわからないので、いきなり向こうからやってきて膝に乗られたりすると、狼狽のあまり硬直する。野生の小動物を手なずけたようでちょっと嬉しい半面、こらこら、相手をちゃんと見てから行動しなさいよ、あんたが思っているほどおばちゃんは無害じゃないんだよ、と思う。そして同時に、罪悪感も覚える。その子に対してというより、見えない世間に対するものだ。

柔らかくて、熱くて、ちょっと乳臭い子どもの身体を抱いた時、自分の中から自動的に愛おしさが湧き上がってこないことへの後ろめたさ。

常日頃、母性神話なんか糞食《くそ》らえと思っている私ですら、なかなかそこから自由にはなりきれない。

自分で言うのもどうかと思うけれど、私のこの身体の中には、愛情がこんこんと湧き出す泉があるらしい。ただし、注がれる先はものすごく限られていて、なるほど〈愛情深い〉と言われればそのとおりかもしれないが、そのぶん〈狭い〉。

そのくせ他人から嫌われるのは怖いものだから、脊髄反射的に愛想よく接し、いちばん近くにいる人間にさえ本心を隠して笑顔の仮面を向ける。そのうちに、だんだん疲れが溜まってゆく。金属疲労よろしく、いきなりポキンと折れる。そのようにして壊れて（壊して）しまった人間関係が、これまでいくつもあった。嘘をつかずに自分をさらけ出せた相手は、猫だけだったのだ。物心ついて以来、半世紀の間。

――猫。

あらゆる動物の中でもとくに〈猫〉という生きものこそは、私にとって、ずっと特別な存在だった。

どれほど助けてもらったことだろう。自分の母親を愛せなくて苦しかった子どもとしての私も、また、自分の子を愛せる気がしなくてついぞ母親になれなかった私も、そのつど傍らにいた猫たちに何度も救われてきた。猫だけは無条件に愛することができたし、彼らもまた私の愛を無制限に受け容れてくれた。

こういうことを考えていると、たまらなくもみじが想われる。

彼女の写真を眺めていると今でも、心臓がぎゅうっと収縮して涙がこみあげてくる。悲しいだけの涙じゃなく、ただただ会いたい、会って抱きしめたいのだ。愛しさが激しく渦巻くあまり、まるで小さくて凶暴な竜巻を抱え込んでいるみたいになって、内臓がずたずたに切り裂かれる思いがする。

でも、

「な、もみちゃん……」

〈祭壇〉に飾った写真に向かって話しかけていると、なぜか必ずお絹が子らを残してそばへ来て、青く澄んだ瞳で私をひたと見つめる。こちらの声の調子に反応するのだろうとは思うものの、勝手に慰めてもらっている心地がする。

柔らかくて、熱くて、ちょっと乳臭いその身体。抱きしめると、何があっても守ってやりたいという衝動に息が苦しくなる。身の裡に渦巻く竜巻を無理に抱え込んでいなくても、湧き出す愛情を思う存分注いでやれる相手がいるということ。それほどの幸せが他にあるだろうか。

子猫たちの唾液にしっとり湿った彼女のお腹を撫でながら、

「よかったな」

と、背の君がまた言って、私の顔を見る。

「ほんまやな。なぁお絹ちゃん、インチョ先生がおらんかったらあんた今ごろ……」

「いや、お前がや」

「え、私？」

「もみじがおらんようになってからずっと、お前、笑《わろ》てても笑てへんみたいやったけど、今は顔つきが全然ちゃうがな。――よかったな。お絹と逢《あ》えて」

自分のことを言われているとわかるのだろうか。母親になっても相変わらず小さな猫は、私たちを交互に見上げ、前肢の爪をニギニギして甘えながら、青い目をすうっと細めてみせた。

夢を見てピクンピクンするのが朔。
漂う大物感。

オイラ男だ
フツカだYo!

今でも ふたり、大の仲良し。
きょうだいで 生まれて 良かったねえ。

5 愛を注ぐ器

「ま、ええではナイカ」

もともとは、父の言葉だった。

口癖、というほどでないにせよ、時々――たとえば母がどうでもいいことに腹を立てたり、考えても仕方のないことを気に病んだりしている場面で、父は、たぶんなだめるか慰めるかするつもりだったのだろう、淡々飄々《ひょうひょう》とした口調で言った。

「ま、ええではナイカ。命とられるわけでなし」

結果、母の怒りの火柱はますます高くたかく燃えあがるのだった。

亡くなってからも、父のことをよく思いだす。思いだすだけでなく、夫婦間の話題にもしょっちゅうのぼる。

晩年独り暮らしをしていた父の家へ行って、一緒に年越しをした時のこと。そこそこ綺麗好きだったはずのひとも衰えるとこうなってしまうのかと哀しくて、青磁が表へ出てしまわないよう気をつけながら、背の君と二人して家じゅうの大掃除をした。耳が遠いものだからテレビは常に最大音量で、寝る時になってやっとスイッチを切ると、彼も私も音圧にぐったりしていたものだ。

あるいは、もっともっと遥《はる》か昔の父と、広い原っぱへみんなで凧揚《たこあ》げに行った時のこと。釣りが趣味だった父は釣り糸の先に凧を結びつけ、見えなくなるくらいまで天高く揚げてみせてくれた後、しまいにはリールで巻き取っていた。

そんなふうに、ことごとに想い出を語り合えるのはやはり、私と背の君が従姉弟同士だからというのが大きい。私の母親と彼の父親が、年の離れた姉と弟。つまり私の大好きだった亡き父は、彼にとっても、子ども心に慕わしい伯父であったのだ。

「俺んとこは、オヤジがあんなンやったやろ？　せやからよけいに、シロさんを見るたび、ああかっこええなぁ、て憧れとってん。ちょっとのことでは動じひんし、話わかるし、オモロイし。あんなふうなデケタニンゲンになれたらなぁ、て」

いっぽう、〈母があんなンやった〉私のほうは、子どもの頃から、彼の母親である叔母に憧れていた。

あはははは、と豪快に笑うたび、眉毛がハの字になるひと。冗談好きで、マンガの模写が上手で、いつも颯爽《さつそう》としていて、物識《ものし》りで、そして基本的に上機嫌で、いきなり怒り出したりぶったりしないひと。小さい私に面白いことや愉《たの》しいことをたくさん教えてくれたそのひとは、おばちゃんなんて呼ぶには年が若かったから、みんなが〈純《じゆん》ちゃん〉と呼ぶところを私は〈純ちゃん姉ちゃん〉と呼んで、大阪の家へ遊びに行くとひたすら後をついて回っていた。

人の顔は、一つきりではない。背の君の〈あんなンやった〉父親は、私からすればニヒルでかっこいい大人の男に見えていたし、私の〈あんなンやった〉母親は、背の君から見れば褒め上手でハイカラなおばちゃんだった。さらに、私の憧れている叔母は、彼にとっては一面、子どもを〈褒めずに育てる〉母親でもあったそうだし、亡き父の人物像に関してだって、私の兄に言わせればそうとう違った意見があるだろう。

それで当然なのだと思う。どれが嘘というのじゃなく、みんなそれぞれほんとうなのだ。

私自身、外で見せる顔と、家で見せるそれとは違っている。旦那さん一号・二号といた頃の私と、いま背の君といる私もまるで違う。けれど、その全部が私ではあるのだ。誰かに見せている顔が必ずしも仮面ばかりというわけではないし、相手の顔色を見てただ調子を合わせているだけでもなくて、その相手だからこそ引き出される自分というものもある気がする。

時は流れ、それぞれの親のうち、いま元気でいるのは背の君の母親こと私の叔母だけだ。あとの三人はいなくなってしまった。

父を寂しく旅立たせてしまったという後悔があるぶんよけいに、いま大阪で独り暮らしをしている叔母のことは気がかりでならない。八十になってもいまだに現役で教壇に立っているけれど、何日かに一度は電話をして話し込むし、日常を知らせる手紙が来ているとほっとする。笑い声が昔と同じくらい若々しくとも、身体まで昔と同じというわけにはいかないのだ。

いや、人のことは言えない。五十代半ばとなった私自身が身体の衰えにびっくりしている。

まさかこの私が、五十肩だと？　いやいやいや、まさかまさか。

認めたくなくて、腕が上がらなくなってからもしばらくは、「なんか知らない間に肩を痛めたみたいで」と言い張っていた。それくらいショックだった。昔、母がセーターを脱ぎ着する時にヒィィと泣き声をあげるのを見るたび、またおおげさな……と内心舌打ちしていたものだけれど、あの時は悪かったよお母ちゃん、と今になって思う。そりゃ泣き声も出るわな、とようやく思い知らされた。

肩をかばうあまり、手首が腱鞘炎《けんしょうえん》になる。古傷を抱えた膝関節も冬になると痛む。徹夜仕事もできなくなってきた。無理に夜更かしをすると、翌日どころか翌々日にまで響くのだ。

これまでずっと体力自慢でやってきた私としては、情けないといえばほんとうに情けない状況なのだけれど――そのわりに、いちばんびっくりしているのは、自分があまり悲観しないでいられることだったりする。

だって冷静に考えれば、年を重ねてから楽になったことのほうがずっと多いのだ。若さはそれだけで美しく尊いけれども、だからといって若いばかりが能じゃない、ときれいさっぱり思い定めたとたん（言い換えれば前向きにあきらめたとたん）、たちまち許せることがぐんと増えた。

顎の下や二の腕やお腹周り、ぷよぷよでたるたるの肉体は、もはや後戻りはきかない雰囲気を醸し出しているし、ふだんから体形の目立たない服で隠しているとますますだらしなく弛緩《しかん》していって、お風呂に入ろうと服を脱ぐたび、鏡に映るのは油断と怠慢の結晶だ。ため息も出る。

でも、だからといって前みたいに無理なダイエットをしようと思わなくなった。かつてはばかげた恋をして、一ヵ月で七キロ落としたこともあったけれど、今になって当時の写真を見ると、服こそかっこよく着られているもののちょっと不健康というか、少しも幸せそうに見えない。

「アホじゃい。無理して痩せたかて、身体こわしたら元も子もあれへん」と、背の君は言う。「ええやん、姉ちゃんはそのまんまで。ぷよぷよのほうが抱き心地よろしおまんがな」

他人事だからと面白がりやがって、と思ったら真顔だったので、その言葉を全面採用してやることにした。

人間、できることには限りがある。思うようにいかないからといって、頑張りが足りないせいだと自分を追いつめたら、どんどんしんどくなるばかりだ。

譲れないことも、許せないことも、人生に一つか二つあれば充分――。

父が折に触れて口にした、

〈ま、ええではナイカ。命とられるわけでなし〉

という考え方は、仕方のないことをうまくあきらめて楽に幸せに生きるための、じつは大いなる知恵だったのかもしれない。

生きものとの契約

〈育ちゆくもの〉を見守っている時、月日という川の流れは常にも増して速い。

二〇一九年五月初めに生まれた子猫たちは、半月ほどもたつとバスケットの縁をにじにじとよじ登ってはポテンと床に落っこちて脱走するようになった。それを繰り返しているうちに足腰はしっかりとしていって、部屋の中をちょこまか好き勝手に走り回るようになった。

ちょっと油断すると踏んづけてしまいそうで、おっかないったらない。おまけにお絹自身が、ようやく一歳になるやならずのヤンママだ。二匹の子猫を遊ばせるうちに自分のほうが本気になり、おもちゃを奪い取ってしまったりすることもしょっちゅうで、三匹の過ごす寝室は常に運動会みたいなありさまだった。

その同じ五月の、二十六日。私と背の君は町役場へ出かけていき、例の届出書類を提出した。

日曜日だから役場の正面玄関は閉まっていたけれど、婚姻届は裏手の当直窓口で、間違いなくこの日の日付で受け付けてもらえた。もみじが生きていたなら十九歳になるはずの誕生日だった。

彼女が亡くなった後すぐ、背の君は私に銀の指環《ゆびわ》を贈ってくれた。内側には最初からくぼみがあって、自分の手でそこに遺灰や遺骨の欠片《かけら》を納めることができる。樹脂を流し込んで太陽の下に置けば紫外線で固まるしくみだ。

「BELOVED ☆ MOMIJI」

愛されし者・もみじ、と刻んでもらったその指環に、私は彼女の奥歯の小さなちいさな欠片を納め、以来、肌身離さず着けていた。

「結婚指環を作ったかて、お前はその指環はずさんやろ？」

と背の君は言った。

「俺が、も一つおんなじのん作るわ。それを結婚指環いうことにしようや。な」

久しぶりにもみじの骨壺を開け、清潔に乾いた骨をかきこそとかき分け、底のほうからやはり小さなちいさな欠片を拾って、背の君の指環の内側に納めた。

これでもう三にん、ずっと、ずーっと一緒だ。

晩年のもみじと蜜月の時を過ごし、闘病の果てに二人して見送り、彼女のいない日々の寂しさを越え、奇跡みたいにお絹と出会って我が家に迎え、もみじを見送ったまさにその場所で子猫たちが生まれてくるのを見守り……。

それらすべてがひとつの川となって流れ着いた先に、〈今〉がある。籍を入れたのだって何も特別なことじゃない。昨日つぼみだった花が今日は咲きましたというのと変わらなくて、いつかは皆それぞれ、いずれかのかたちで散ってゆき、そうして季節はまためぐり続ける。

昨日まではただ見上げるだけだったソファやベッドに、今日は子猫たちが爪を立てて登る。あっというまにカーテンを楽々と駆け上がり、棚から箪笥《たんす》へと飛び移る。柱をてっぺんまでよじ登って梁《はり》の上を闊歩《かっぽ》するようになり、しまいには家の中で彼らの知らない場所などどこにもないほどになってゆく。

組んずほぐれつしてはしゃぎまわるフツカと朔の姿が、何年か前のサスケと楓に重なる。あの頃は銀次もまだ若く、まるで自分が親であるかのようにチビたちの面倒を見ながら、いたずらが過ぎる場合はきっちり教育的指導をしてくれていた。

自身も生後二ヵ月ほどでもらわれてきた銀次は当初、気が強くて、やたらと嚙みつく癖があったものだけれど、もみじが厳しい愛の鞭《むち》で鍛えあげた成果か、まったく出過ぎたところのない、おおらかで気の優しい猫となった。家にお客さんが来るたび率先して出迎えるし、相手が新入りの猫であろうと大型犬であろうと、誰とも敵対せず、物怖《ものお》じもせず、弱い立場の者は黙ってさりげなくかばう。彼がいてくれることで、我が家の猫たちはもちろん、私たちもまたどれだけ助かってきたことだろう。

でも、十三歳になろうとする今の銀次にはもう、子猫たちの遊びにとことん付き合うだけの若さはない。よく食べるし健康なのだけれど、足腰の筋力に関してはもみじよりも衰えが早いのだ。一時は九キロ以上あった体重も、七キロ台に落ちた。関節に負荷をかけないためにはむしろそのほうがいいのだろう。

そんな銀次にとって、今いちばんの憩いの場所は私の仕事部屋だ。ドアを開ける音を聞きつけると、喉声で〈んあっ、んあっ〉と鳴きながら、一生懸命に階段を下りて走ってくる。急がなくたって閉め出したりしないのに、何が何でも駆け込み乗車をあきらめない老人よろしく、やっとの思いで部屋に滑り込み、特別待遇で開けてもらったシニア用の缶詰をたいらげると、仮眠用のベッドに〈うんしょ〉とばかりに飛び乗り、同じく特別待遇で部屋に入れてもらったお絹とぴったりくっつき合って昼寝をする。

寝ている間も、そばへ行くとたちまち喉を鳴らす。早くに親と引き離されたせいだろうか、昔は、甘える時にはこんなふうに喉を鳴らせばいいのだということさえ知らない子だったのが、その後、家族となった猫たちを見て学習していったらしく、今では部屋の向こうとこちらに離れていても聞こえるくらいゴロゴロの音が大きくなった。

くうぅ……くうぅ……と漏れる、呑気ないびきも愛おしい。

「ネコメンタリー」のナレーションを思いだす。

〈高齢のもみじは　ほかの猫とは別の場所で　一日のほとんどを　寝て過ごします〉

今ではもう、銀次がその境地にある。

〈生きものを飼う〉とは、契約だ。目の前のいのちと、血判を交わす覚悟で取り決めをすることだ。あなたを一生守り、幸せにすることを誓います。息を引き取る時はきっとそばにいます。だから私のところへ来て下さい、と、決してこちらからは中途解約できない約束をすることだ。

私と猫たちの間にも、そのようにして、切れない糸のような約束が結ばれている。この先に何があろうと、私か、あるいは背の君のどちらかが、何としてでも彼らの最後の一匹よりも後まで生き残らなくてはならない。

総勢七匹となった猫たちに、毎朝ブラッシングをし、順ぐりに爪を切り、いつもと様子が違えば病院へ連れていき、年に一度は全員にワクチンを打ってもらう。小さなサインを見過ごさないようにと心がけているつもりでも、素人の目だから行き届かないところはあるだろう。

そもそも、時間に抗《あらが》うことは不可能だ。いつかはまた、見送らなくてはならない時が来る。誰が先かはわからない。必ずしも年齢の順とは限らないし、今日元気でも明日喪われてしまうかもしれない。

——七匹。

もみじの時と同じような痛みを、最低でもあと七回味わわなくてはならないのだと思うと、時々たまらなく不安になる。その頃には私ももっと年老いて、きっと、今より打たれ弱くなっているに違いないのだ。

命とられるわけじゃない

いつだったか、たまたま目にした報道番組を思いだす。

親子四人の家族が映っていた。子どもらが猫を拾ってきたので何ヵ月か飼ってみたものの、夏休みに海へ行くことになり、猫がいたのでは留守にできないからと収容施設へ「預けに」来た。別れが悲しいと言って子どもらは泣きだすものの、ならば海をあきらめるかと訊けばそれはいやだと言う。

取材記者からマイクを向けられた父親は、「しょうがねえでしょ、だって海行きたいってんだからさ」と言い、母親は子どもにもらい泣きしながらこう答えた。

「子どもたちも、短い間でしたけど命の尊さを学べてよかったです。いつか飼える環境になったら、またここから猫か犬を引き取ろうと思ってます」

ふざけるな、と、腸《はらわた》が煮えくりかえった。

その気になりさえすれば、専門のシッターさんを頼むことだってできるし、ペットホテルだってある。彼らもそういった情報を知らないはずはない。ただ、拾った猫のためにお金を遣うのがいやなのだ。「預けに」来たのじゃなく「棄《す》てに」来たのだ。

たとえいつか飼える環境になったとしても、てめえらは金輪際、生きものを飼うんじゃねえ、と思った。カブトムシ一匹飼う資格もねえ。

でも——えらそうなことを言っている私自身、飼っている猫や犬の不調に気づかずに死なせてしまったことはある。もみじの腫瘍にしたって、もっと早く気づいてやっていたら……との後悔は、きっと死ぬまで消えない。人間に飼われる動物たちにとっては、どんな小さな異変だってたちまち〈命とられる〉一大事になり得る。

血統書付きの高価な猫を買うのでなく、道ばたで拾ってきた猫の面倒を見るだけでも、当たり前だがお金はかかる。餌代やワクチン代だけではない。不慮の病気や事故ともなれば、レントゲンや手術、注射に点滴、入院に通院でたちまち万、十万というお札に羽が生えて飛んでゆく。

口の中に悪性の腫瘍ができてしまったもみじは、おしまいのほうの数ヵ月、週に二度三度と通院していた。腎臓の機能維持のため点滴をしてもらい、一ヵ月ないし三週間に一度は麻酔の上で切除手術をしなくては生き延びられなかった。ほうっておけば広がる癌《がん》に脳が冒され、目も鼻も顔もなくなっていく病気だった。

人情家で腕のたつインチョ先生と出会えて、再発するたび患部を鮮やかに切除してもらえたからこそ、余命三ヵ月と覚悟したところをずっと長く生きてくれたのだし、何より最後の最期まで自力でものを食べ、走り回ることもできていたのだから、その選択に関してはひとかけらの後悔もない。もっともっと、もっと長く一緒にいたかった。

でも、いちばん現実的な面を言うなら、治療や薬やレンタルの酸素室などにかかる費用はどうしたって嵩《かさ》んだ。老齢ということもあってペット保険には入っていなかったから、病気が判明してから見送るまでの十ヵ月にかかった費用の合計は、あえて言うなら、ざっと新車が一台買えるくらいだった。

〈なぁんだふぅん、お金があるからできたってことよね〉

というふうには思わないでほしい。そうには違いないのかもしれないけれど、そんなに簡単なことではなかった。

我が家は正直、いろんな事情が積み重なって財政が逼迫《ひっぱく》していたので、出版社から前借りをして経済をぎりぎり回していたところだった。そこへもみじの病気が重なったから、それはもう、がむしゃらに働くしかなかった。物書きになって以来いちばんたくさん仕事を受けたし、できる無理は全部した。原稿の依頼があるたび、どれだけありがたかったかしれない。ああ、これで今月ももみじに生きてもらえる、と思った。

彼女を看取ってからしばらくたった頃のことだ。クレジットカードの引き落とし額を見て、茫然《ぼうぜん》とした。

もみじがいなくなったおかげで、うちは、経済的にはこんなに楽になったのか。

明細書を握りしめ、泣いた。まるで彼女が全部をわかった上で、

「ほな、そろそろ行くわな」

と自ら幕を引いたかのように思えて、自分の不甲斐《ふがい》なさに声も出なかった。

来し方をふり返ってみても、もみじを亡くしてからのあの一年間ほど辛くしんどかったことはない。身内の死よりも、猫一匹の死でもってそこまで不安定になってしまう自分がちょっと信じられないくらいでもあり、一方で当然だとも思った。だって、もみじだもの。あのもみじを喪ったのだもの。

二度と再び、誰かをあんなに愛することはできない。人生で最も幸福な時間は過ぎ去り、もう決して戻ってはこない。そう思っていた。

それでも――それなのに――お絹と出会ってしまったのだ。

これがいったいどういうことなのか、いまだにうまく説明がつかない。私が、薄情で

多情ということなんだろうか。もみじじゃなくてもよかったんだろうか？

その点、背の君などはずっとシンプルに捉えているようで、ちょくちょく彼女の耳もとにささやく。

「なぁお絹よ。お前、ようもまあ見つけよったのう、かーちゃんを」

なるほど、理屈など意味のないことなのかもしれない。

日々、柔らかで温かいお絹の重みを膝にのせていると、父の遺《のこ》した例の言葉を、以前よりももっと深いところで受け止められる気はする。どれほどしんどく思えても、生きてゆく途上で起こるたいていのことは、そう――とりあえず、〈命とられるわけじゃない〉のだと。今はたとえ辛くとも、一日また一日をどうにかやり過ごして生きてさえいれば、その先で、思いもよらなかった恩寵《おんちょう》が与えられることだってあるのだと。

物心ついて以来、かたわらにいる猫にしか本心を見せられなかった私は、背の君と暮らすようになってからようやく、彼にはありのままの自分を怖がらずぶつけられるようになった。それはたぶん、彼が、私にも猫にもまるきり同じように話しかけたり触れたりすることと無関係ではない気がする。そのせいで、ふだんの会話では誰に対して喋《しゃべ》っているのやら紛らわしくてしょうがないのだけれど、猫と女房をほとんど分け隔てしない男のおかげで、私の側も彼に、猫に対するのと同じように自分の心を預けられるようになったのかもしれない。わりと本気でそう思っている。

今や長老となった銀次。父の忘れ形見である青磁。スーパーの掲示板を見て迎えに行ったサスケと楓。母亡き後に我が家へ来たお絹こと絹糸と、そのお腹から生まれてきた朔とフツカ。――総勢七匹、どの子もみんな性格が違い、甘え方も拗《す》ね方もそれぞれで、掛け値なしに愛おしい。

それでもやっぱり、互いの相性というのはあるものらしい。私はこのとおり自他共に認める猫好きだが、どういうわけか我が家の猫たちは、自分らにつれないはずの背の君のほうにやたらと懐く。

ただし、お絹だけは別のようだ。

「おきーぬしゃん」

と呼ぶと、彼女は出会ったあの時のように、あんっ、なはーん、あん、と鳴いては私の踏み出す一歩一歩に体や頭をすりつけて甘える。家のどこにいようと常に目の端で私の居場所を確認し、視界から外れそうになるとすぐさま、そうはさせじと走って追いかけてくる。

「ほんまにお前のことが好っきゃねんなあ」

と、背の君が苦笑するほどだ。

愛しく想う気持ちが、かつてと重なるせいだろうか。時々、彼女のことをついうっか

り、

「もーみちゃん」

と呼んでしまうことがある。

どちらの名前で呼ばれても、お絹は戸惑う様子もない。

〈うん?〉

と上機嫌に返事をして、勿忘草《わすれなぐさ》色の瞳でこちらを見上げてくる。

そんな時は、あの偏屈な三毛猫の気配をすぐそばに感じ、思わず微苦笑がもれる。心臓にじかに爪を立てられているみたいに、胸がきゅうっと甘く疼《うず》く。

求めて、求められて、みんなつながってゆくのだ。

目の前の猫を呼ぶ時、私は、そこにもういない猫のことも呼んでいる。

ダメ人間の自覚はあるけれど、
せめてこの瞳に恥じない
自分でありたい、と思う。

あっというまに子猫たちのほうが
大きくなってゆく。
今では 三きょうだいのよう。

おわりに　――銀次の言いぶん

オレ、銀次。

この名前、けっこう気に入ってる。

じつは、最初にかーちゃんがつけようとした名前は〈シンバ〉だった。ライオン・キングと同じ名前だ。

いいじゃんそれ、かっこいいじゃんって思ってたのに、オレをそう呼ぶたびにかーちゃんは首をかしげて、三日目くらいだったかな、まじまじとオレの顔を眺めて言った。

「違うわ」

――え、違わないよ？

「あんた、シンバじゃないわ」

――いや、シンバだよ？

「あんたの名前は、銀次。間違いない」

――うん、オレ、銀次。

流されやすいって、今でもよく言われる。

そもそもの初めから、流れ流れた猫生だった。なにせオレ、初めはおんなじメインクーンばっかいる家に生まれて、次はいろんな人間が見に来るお店へ行って、その後はどっかよそんちの猫だったんだ。

十何年も前のことだからあんま細かくは覚えてないけど、優しくしてもらった記憶はあるよ。若い夫婦だった。でも、どうしようもない事情ができて、オレは若奥さんの妹の、そのまた知り合いにもらわれることになったんだ。それが、かーちゃんだった。若奥さんよりだいぶ歳がいってたけど、いいんだオレ。熟女好きだから。

いざもらわれていってみると、かーちゃんちには先輩がいた。ちょっとぽっちゃりめの三毛猫で、名前は〈もみじ〉っていった。

それがさ、まさにオレの大好きな、うれうれの熟女だったのよ。もうさ、オレさ、有頂天よ。この色っぽい姐《あね》さんと、これから一つ屋根の下？　マジで？　うっひょーい！ってなった。

なのにさ、ひどいよな。誓って何にもしてないのに、てかオレまだちっちゃい子猫だったのに、ちょっとそばへ寄っただけで、プシャアーッ！　って物凄い形相で息吐きかけられた上に、目にもとまらぬ往復ビンタだよ。オレ、涙目。

それっきり、もみ姐《ねえ》（って呼ぶことにした）は、あてつけがましくハンストなんか始めて、ベッドの下に入ったまんま出てこなくなった。かーちゃんが床に腹ばいになって、てのひらにカリカリをのっけて差し出すとようやく食べるけど、自分からは絶対食べに出てこない。それまでは毎晩かーちゃんの腕枕で寝てたみたいなのにベッドの下で寝るし、かーちゃんの仕事中もいつもなら膝に乗ってたくせに、机の下の暗がりからじーっとオレのほうを睨んでんの。んっとにもう、やめてよね。オレが悪者みたいじゃん。

そういうのが、一ヵ月くらい続いた。女は執念深いって、あれ、ほんとだね。

まあ、わかんないわけじゃないんだ。それまでは大好きなかーちゃんの愛情を独り占めしてたのに、そのかーちゃんがオレみたいなちんちくりんを勝手に受け容れたんだもん。もみ姐、少なからず傷ついてたんだろうなあ。

オレさ、ちっちゃいうちに母親やきょうだいと引き離されたじゃん。そのせいか、全然知らなかったんだよ。猫同士が挨拶する時の作法とか、お互いが心地よくいるための距離とか、じゃれる時の力加減とか、さっぱりわかってなかった。

もみ姐ともっと仲良くなりたいなあって思うとつい、うっひょーい！　って突進しちゃって、そうするとまたしても往復ビンタじゃん。

人間相手でもそう。かーちゃんがオレを撫でようと思って伸ばしてくる手が、どうしてもオモチャとか獲物に見えちゃってさ。そういう時はオレ、めっちゃワルイ顔になって、しっぽを右に左に振り立てて飛びかかっちゃうわけ。かーちゃんの手、ズタズタの血まみれよ。

いまだにかーちゃん、たまに言うもんね。あの頃は、いつかオレのことをちゃんと愛せるようになるものかどうか不安だった、って。

悩んだ末にかーちゃんは、オレを一から厳しく教育し直すことにした。母猫と子猫が、それか子猫同士が、取っ組み合って噛みついたり蹴ったりひっかいたりしながら力加減を覚えていくものなら、自分がその相手役をすればいいんだって思いついたらしい。で、オレが手に飛びついて噛みつくたびに、かーちゃんはすかさず、オレのケツに噛みつき返すようになったんだ。

当然、ちびのオレは鳴く。くぴーって鳴く。

「どうだ、まいったか」

──痛い、かーちゃん痛い～!

「噛まれたらこんなに痛いんだよ。わかった?」

──わかったからゴメンナサイ、くぴーっ!

かーちゃんばかりか、もみ姐にまで何度も(こてんぱんに)ヤキを入れられるうち、オレはだんだん加減を覚えて、噛みつかなくなっていった。

ありがたいとは思ってるんだよ。おかげで今はオレ、家に来る人みんなに寄ってたかって可愛がられちゃうしさ。かーちゃんもオレのこと、すんげー愛してるってわかるしさ。

けど、さすがにどうかと思うよね。ふつう、噛みつくか？　人間が猫にだぜ？

やることが極端っていうか、過剰なんだよ、あの人。

何ていうんだっけ……ええと、恋多き女？　かーちゃんはどうやら、それだった。

──ちゃうわ、オトコ見る目ないねん。それだけや。

って、もみ姐はよくいってたっけ。

おかげで、いろいろと学んだよ。人間のオスとメス、くっつくのは簡単だけど、離れるのはどんだけ大変かってことやなんかもね。

オレ、若い頃、かーちゃんの最初の旦那さんとは二回くらい会ってる。悪い人じゃなかった。人なつこいオレのこと気に入って、譲ってくれって冗談交じりに言ったけど、かーちゃんがもちろんウンとは言わなかった。

それと、二度目の旦那さんとは、並んでヘソ天で寝たりしたよ。この人もべつに悪い人じゃなかった。オレらにはね。でも、結局のところ、また駄目になっちゃった。

かーちゃんと、もみ姐と、オレ。

三にんの生活が、しばらく続いた。

最初に気がついたのは、もしかしたらオレだったかもしれない。

その頃から、もみ姐の様子が少しずつ変わってきたんだ。前は平気で飛び乗っていたテーブルに、いっぺんには飛び上がらなくなった。いったん椅子に乗ってから、よいしょ、って上がる。

それとか、遊びに誘おうと思って、物陰に隠れてててワッ！　ておどかすと、前なら追いかけっこが始まったのに、すごくうるさそうにして怒る。

「あのねえ、銀。邪魔しちゃだめなの。ねーちゃんは、お前と遊ぶより寝てたいんだって」

かーちゃんなりに思うところがあったんだろう。かわりにオレの遊び相手を、って考えたのかもしれない。しばらくたったある日、いきなり、二匹の子猫がやってきた。

なんでも、スーパーの掲示板に「もらってください」って写真が出てたんだそうだ。

黒白ハチワレのが、サスケ。

サビサビの三毛が、楓。

遊び相手どころか、あれよあれよという間に、オレは連中の面倒を見る羽目になっていた。

かーちゃんはオレのこと、「中身はおばさん」とか言って笑うけど、失礼な話だよ。

考えてもみなよ。ちびっこいのにぴったりくっついてこられてさ、ピンクの鼻先でお腹をまさぐられて、ろくにないはずの乳首をちゅぱちゅぱ吸われて、両手でフミフミなんかされたら、どうしたってそりゃ母性本……父性本能も、刺激されるってもんじゃんか。二匹とも、世界でいちばんオレのことが好きなんだぜ。どうするよ。

そうこうしてるうちに秋が来て、冬が来て、窓の外がたった一晩で真っ白になった。こいつらが生まれて初めて見る雪だった。オレらの住んでる軽井沢は、避暑地ってことで夏に来る人が多いけど、ほんとは冬こそがきれいなんだ。楓は、ひらひら舞い落ちてくる白いものが虫だと思って窓越しに一生懸命つかまえようとしてたし、サスケのやつは、屋根から地面まで届く氷柱《つらら》におっかなびっくりだった。

あったかいとこでみんなくっついて丸くなって、窓からつべたいい景色を眺めるのって最高だよな。かーちゃんがストーブのそばでアイスクリーム食べたがるのと似てるかもしんない。

〈メインクーン〉って種類は、イエネコの中では最大になるとも言われてるらしい。オレはまあ、それほどには大きくならなかったかな。いちばんデカかった時で九キロくらい。今は、だいぶ減って七キロ程度になった。

めちゃくちゃ食うわりにあんまり太らないオレを、かーちゃんはいつも羨ましがってる。

「いいねえ、お前は、全部ウンコになって出て」

って。知らんがな。

あ、〈知らんがな〉っていうのは、とーちゃんの口癖ね。

かーちゃんが二度目の独りに戻ったその翌年の夏、ふらっとやってきて、そのまんまうちに住み着いた人間のオスがいて、それが、オレらのとーちゃんになった。

もみ姐も言ってたけど、そいつは、これまでの誰とも違ってた。かーちゃんとは幼なじみの仲で、おまけに親戚なんだってさ。

どうりでお互い、遠慮の欠片もないわけだ。喧嘩《けんか》する時と仲良くする時だけは、オレたちにちょっと遠慮してくれって言いたいくらいだよ。

とーちゃんが来てからというもの、オレらの待遇はめっちゃ良くなった。怒る時はすんげーおっかなくて、繊細なオレなんか、チビたちが叱られてるの見てるだけでお腹がゆるくなっちゃうんだけど、でも、じつはオレらにメロメロなのは見りゃわかるし、餌とかトイレ掃除とかブラッシングとかに関しては毎日めっちゃマメなんだわ。あれはもう、性分だね。

けど、もっとありがたいのはさ。かーちゃんがほんとに辛い時、ちゃんとそばにいてあっためてやれるオスが見つかったってことだよ。

一昨年の春、桜が満開の頃に、かーちゃんの父さんが、この世からいなくなった。驚かせようと思って久しぶりに南房総の実家を訪ねたら、倒れてて、もう亡くなってたんだって。もみ姐もオレも、何度か会ったことあるよ。あんま喋らないけど優しい人だった。

あの時もし、とーちゃんが一緒にいなかったら、かーちゃんはもっとぼろぼろになってたかもしれないし、まともに泣くこともできなかったんじゃないかと思う。老人を独りにしておいたからだって、自分のことずっと責めてたもん。

お葬式とか全部済ませたあとで、二人は、じーちゃんの忘れ形見を連れて帰ってきた。飼い主に似たのかな、偏屈なのに寂しん坊のラグドール。オレと同じくらい身体のデカい、青磁って名前のオスだった。

かーちゃんととーちゃんと、もみ姐とオレ、サスケと楓、そして青磁。

七にんで過ごした一年間を、オレはこの先もずっと忘れないんじゃないかと思う。

かーちゃんの父さんがいなくなって、一年が過ぎた春だ。

もみ姐が、いっちゃった。十八回目の誕生日まで、あとたったの六十五日だった。

口の中に難しい名前のガンが見つかってさ。もう助からないって……あと三ヵ月くらいしか生きられないかもしんないって言われた時、かーちゃん、うちに帰ってきてから、めっちゃ泣いたよ。もみ姐だけじゃなく、オレらのことも順番に抱っこしてさ。あんなかーちゃんは初めて見た。

けどさ、すごいんだぜ。オレも時々、お腹がゆるくなったりしたら世話んなる病院の、インチョ先生（←熟女）がさ。もみ姐の口ん中の悪いとこを、そのつど魔法みたいに切除してくれてさ。それも、九ヵ月の間に十二回もだぜ。おっそろしい腕前だよ。ってか、それに応えて毎回生還した姐御《あねご》こそ、やっぱタダモノじゃなかったよ。

おかげでもみ姐、さいごまで、食べたいもんを自分の口から食べられたんだ。

おしまいの日は、うちで迎えた。もう全然、動けなくなってさ。おしっこも出なくなってさ。もみ姐、それでも頑張って、がんばって、かーちゃんととーちゃんがそばにいる時をちゃんと選んで、ふーーーって。さいご、ふーーーって長い息を吐いて……いっちゃった。

とーちゃんが、オレだけを呼んで、もみ姐のそばへ連れてってくれた。

「なあ、銀次、ねーちゃん逝ってしまいよったで。お前は、ちっちゃい頃からさんざん世話んなったやろ。お礼ゆうとき」

オレ、そうっと匂い嗅いだ。もみ姐の匂いを憶えときたかった。

それから、耳もとに口をつけて、いった。留守はまかしといて、って。でも、オレだけじゃやっぱ駄目なんだよ、緊張するとすぐにお腹がるるるーってなっちゃうし、だからさ、もみ姐、早く着替えて戻ってきてよ。そういった。

聞こえてたと思うよ。

だって、あれからもちょくちょく様子を見に帰ってきてるの感じるもん。

一年たって、今度はかーちゃんの母さんがこの世からいなくなって、だけどオレが知る限り、これまででいちばんにぎやかになった家ん中――母猫のくせにまだまだコドモっぽいお絹坊と、まるっきりガキンチョの朔とフツカと、同じくいつまでたっても大人になんないサスケや楓と、いつまでたっても偏屈なまんまの青磁が、ぎゃおすぎゃおす騒ぎまくってんのわかってて、オレがぐーすか寝てる時なんかさ。

ぱん！

って、頭をはたかれるんだ。

まわりを見回しても誰もいない。

そんな時オレは、ちょっと嬉しくなってにまにましながら、あいつらの様子を見に行く。

ま、どうせたいした騒ぎじゃないから、ほっといてもそのうちおさまるんだけどね。

ほんとのこと、言おっか。

ここんとこ、前に比べると、足腰が言うことときかなくなってきた。テーブルに上がれなくて、まず椅子に乗る時なんか、ざまぁないよな、って情けなくなる。ああこれ、もみ姐が通ったのとおんなじ道だなあ……もみ姐もこんなふうに、自分が情けなかったりしたのかなあ、って思う。

いつかオレも、ふーーーって、さいごのため息をつく時が来ちゃうんだろうな。もしかしたら、かーちゃんたちが思ってるほど遠い先の話じゃないかもしれない。

でもまあ、いった先には、もみ姐がまだいるかもしんないしさ。いなくても、今度はオレが、サスケや楓や、青磁や、朔やフツカや、それにもしかしてもみ姐がとっくに着替え終えた姿なのかもしれないお絹坊やなんかの頭を、

ぱん!

って、はたいてやればいいんだしさ。

それまでの間は、できるだけ元気で頑張るよ。

オレ、銀次。

かーちゃんからもらったこの名前を、まだしばらくは大事にする。

風の通りみち。

お乳を吸ってた
お口のまんま。

こわされて困るものは置けない。
毛がついて目立つ服は着られない。
でも彼らのおかげで我が家には
おしゃべりと笑い声が絶えない。

猫。この愛しき者たち。

本書に登場した猫たち

もみじ

（♀永遠の17歳　パステル三毛）

男を見る目のない作家のかーちゃんに付き添って各地を転々、終の棲家は長野県軽井沢町。NHK「ネコメンタリー」で全国区に、2018年3月には永遠のセブンティーンとなったものの、その後もしばしばX（旧Twitter）に降臨する村山家の守り神。なぜか関西弁&毒舌。

絹糸

（♀4歳　シャム系MIX）

通称・お絹。村山母の葬儀の晩、はるばる南房総から軽井沢に連れてこられた。ふだんはかーちゃんのストーカー、張り込みと尾行に1日のほぼすべてを費やし、いざ抱っこされると嬉しさのあまりよだれを垂らす癖がある。顔も体も丸い。鳴き声は「うん↗」「うん↘」。

フツカ

（♂3歳　長毛の黒白ハチワレ）

令和元年5月2日、おそるべき安産で生まれてきたお絹の第2子。頭の回転が遅く、運動能力は低く、依存心はとどまるところを知らない。ズレた付けヒゲは生まれつきで、びっくりするとフナムシのように地を這う。鳴き声は、鼻詰まり気味の「ふなあ」。

朔

（♀3歳　体型のみシャムのサビ三毛）

令和元年5月1日、おそるべき難産で生まれてきたお絹の第1子。頭の回転が速く、運動能力は高く、好奇心はとどまるところを知らない。太いアイラインは生まれつきで誰もスッピンを見たことがない。鳴き声は、いきなりのボリュームマックスで「にゃあーんっ」。

青磁

（♂永遠の13歳　ラグドール）

通称・せいちゃん。青い瞳にピンクのお鼻も麗しい貴公子だが、性格は偏屈。飼い主だった村山父が他界したため、南房総から軽井沢へと移住。怪鳥のように「めけぇっ」と鳴く。2021年11月、気がつけば寝床の中で動かなくなっていた。今は父といてくれるはず。

銀次

（♂16歳　メインクーン）

通称・銀ちゃん。気は優しくて力持ち、犬にも人にも動じない、村山家のお客様おもてなし係。全盛期の体重は9キロだったが年齢とともに減少、今やとーちゃんのお膝と美味しいもののことしか頭にない。中身はおばさん。鳴き声は「んるる?」。

サスケ

（♂9歳　黒白ハチワレ）

通称・サスー。妹の楓とともに村山家の一員に。極度のビビリの半面、とんでもない甘えん坊。糖尿病を患ったため、少なめのごはんや、朝晩とーちゃんの打つインシュリン注射にもけなげに耐えている。鳴き声は常にひらがなで、「わああ」。

楓

（♀9歳　サビ三毛）

通称・かえちゃん。たまに庭へ出ると野ネズミやモグラなどをお土産に持って帰るおてんば娘。とーちゃんや銀次をはじめ世のおじさまたちを上手に転がすので、村山家では愛情こめて「ビッチ」と呼ばれている。短いしっぽがコンプレックス。鳴き声は「いやぁん」。

（年齢は2023年10月現在）

本書は、二〇二一年三月、ホーム社より刊行されました。

初出
ホーム社文芸図書WEBサイト「HB」二〇一九年九月〜二〇二〇年七月掲載
※「おわりに　――銀次の言いぶん」は「AERA増刊　NyAERA（ニャエラ）　みっけ」（二〇一八年八月刊）掲載「オレ、銀次」を加筆修正したものです。

ブックデザイン／望月昭秀＋吉田美咲（NILSON）
写真／村山由佳
挿絵／村山由佳

村山由佳の本

猫がいなけりゃ息もできない

人生の節目にはいつも猫がいた――。中でも特別なのは、人生の荒波を共に渡ってきた盟友〈もみじ〉十七歳。しかし彼女に病気が発覚して……。魂がふるえる感動の猫エッセイ。

集英社文庫

村山由佳の本

晴れときどき猫背
そして、もみじへ

自然豊かな南房総での日々。唯一の不満は「猫が飼えない」こと。けれど、迷い込んだチビ猫がかけがえのない家族になり——。心温まる猫エッセイ。現在の著者からの注釈付きでここに甦る。

集英社文庫

命《いのち》とられるわけじゃない

2023年10月25日　第1刷　　定価はカバーに表示してあります。

著　者　村山由佳《むらやまゆか》

発行者　樋口尚也

発行所　株式会社 集英社
東京都千代田区一ツ橋2-5-10　〒101-8050
電話　【編集部】03-3230-6095
【読者係】03-3230-6080
【販売部】03-3230-6393(書店専用)

印　刷　大日本印刷株式会社

製　本　大日本印刷株式会社

フォーマットデザイン　アリヤマデザインストア　　マークデザイン　居山浩二

ISBN978-4-08-744574-9 C0195